國家古籍整理出版專項經費資助項目

日藏稀見釋家别集叢刊（第一輯）

校勘本

夢觀集

〔元〕釋大圭 撰
杜艷茹 點校

SWUP
西南大學出版社
國家一級出版社 全國百佳圖書出版單位

圖書在版編目（CIP）數據

夢觀集 ：校勘本 /（元）釋大圭撰 ；杜艷茹點校
. -- 重慶 ：西南大学出版社，2022.10
（日藏稀見釋家別集叢刊. 第一輯）
ISBN 978-7-5621-9658-7

Ⅰ. ①夢… Ⅱ. ①釋… ②杜… Ⅲ. ①古典詩歌一詩集一中國一元代 Ⅳ. ①I222.747

中國版本圖書館 CIP 數據核字（2018）第 273143 號

日藏稀見釋家別集叢刊（第一輯）
夢觀集 校勘本
〔元〕釋大圭撰 杜艷茹點校

選題策劃 黄 璜
責任編輯 黄 璜 徐林平
責任校對 宋 月 羅雪儀
版式設計 郭清霞
裝幀設計 趙 晶
出版發行 西南大學出版社（原西南師範大學出版社）
地址 重慶市北碚區天生路 2 號
電 話 023-68868624
經 銷 全國新華書店
印 刷 重慶紫石東南印務有限公司
幅面尺寸 148mm×210mm
印 張 11.625
版 次 2022 年 10 月第 1 版
印 次 2022 年 10 月第 1 次印刷
書 號 ISBN 978-7-5621-9658-7

定 價：58.00 元

目　次

蓮寺粧塑迦葉佛　中天竺改門蓋祖堂造祖塔築墻砌路栽松

泰上人五臺瞻禮　明上人出嶺　蓮寺蓋山門屋　全禪者説楞嚴

福都寺刊觀國師華嚴疏　津上人禮祖　蓮寺蓋涅槃堂戒壇造塔

立監寺幹田北上遂如五頂　英上人省天寶樞公　題文殊唯識疏真迹

寄近禪者　鐵牛號　則中　秋月　邁翁　海漚　松江　錦江　祖庭　中立

見山　無言　大心　昭然　玨峰　諸同志頌余恒白字余亦作

轉上人禮五臺　四松正侍者參方　天寧藏見天寶

題羅漢畫握佛横經觀舍利猊床説法凡四尊　蓮寺都寺鑄羹飯二銅鑊

首座輦下幹田　祖上人參方　珍上人省師游方　哀彬首座　示日本機禪者

省上人之五臺　洪藏主省師因禮補陀　都寺開僧堂天井移廊路　鑷者

南山廣維那游方　題文殊謄唯識注　震侍者　潮忠知賓　智者康維那

靈山全藏主行脚　鶺塘路　刊科本蓮華經　因韻寄萬卷

趙相師請偈見龍池　觀維那歸潮陽寧親　贈太白壽維那行　照侍者

焕上人禮祖　昌上人禮祖　雪中送成禪人　林醫師　林座主　珪上人來參

卷三

卷六 …………………………………… 八四

卷七 …………………………………………… 一〇九

律詩七言 …………………………………………… 一〇九

卷八 …… 一二八

卷九 …… 一三五

卷十 ………………………………………… 一五五

卷十五 …… 二四五

《日藏稀見釋家別集叢刊》序

衆所周知，中日兩國文化交流的歷史由來已久，商賈貿易的往來、典籍文獻的傳播、官方使節的互遣都對兩國的文化發展産生過深遠的影響。當然，就近代以前而言，中國文化影響日本的程度要遠遠大於日本文化對中國的影響。歷史上，中國的政治架構、建築、教育、文學、宗教等多方面的文化因子被來往於東中國海的人們逐步帶往東瀛列島，由此帶來了日本文化的變革和發展。這其中受日本天皇、幕府將軍委派、渡海西來的遣唐使、學問僧等使者和從中國渡海東去的僧侣、刻工等人士起到了關鍵的橋樑作用。但是在這個漫長的過程中，僧侣之間的交流要比官方使節的來往顯得更加持久而影響深遠。歷史上，中日兩國曾多次爆發衝突和戰争，導致官方往來時有中斷，然而商務貿易和僧侣互訪却未曾斷絶，甚至在十三至十六世紀的四百年間，僧侣交流成爲中日兩國之間文化交流的主要渠道。因此，僧侣作爲中日間文化使者的特殊歷史現象是我們不可忽視的。

佛教文化起源於印度，發展於中國，並衍生出許多支脉，比如禪宗、浄土宗、臨濟宗等，而後逐步傳播至日本諸島，其中以禪宗最爲興盛，並形成了儒佛互補的理念。這個過程中，中土佛教思想對日本文化尤其是日本封建統治者的政治倫理産生了重要影響，鞏固了幕府統治，協調了幕府與朝廷之間的關係，可謂功勳卓著。同時，僧侣們除了弘揚佛法之外，對於日本五山文學的興起，對於日本茶道、花道、劍道、書道、武士道等藝術形式的形成和發展，對中國古典文學的傳播，均做出過巨大的貢獻，使得早在十世紀，中日兩國就已形成了漢字文化圈，並産生了相近的價值觀。正是一波波持續不斷的文化輸入，將包括佛教典籍、儒家典籍、文學典籍在内的大量漢籍帶到東瀛列島，從而形成了深厚的文化積澱。

中日之間的佛教交流始於中國的南北朝時期（相當於日本的古墳、飛鳥時代），在唐宋時期達到一個高峰。在這個過程中，一方面是中土僧侣接二連三奔赴日本。唐代高僧鑒真和尚曾六次東渡扶桑，被尊爲日本律宗初祖，他的事迹也成爲兩國人民廣爲流傳的佳話。而其後，蘭溪道隆、無學祖元、一山一寧、竺僊梵僊等宋元僧人的赴日之行也是不可忽視的對象。另一方面，空海、最澄、圓爾辨圓、無夢一清、策彦周良等各個時代的日本僧人亦克服艱險來中國求法，往往問學於中國名僧，交游於中國名士，將他們的著述、手迹帶往日本并悉心保存，這也是中國佛教文化傳播日本的必然結果。來往中日之間的僧侣所起的津樑作用以及其本身包含的文化内涵已經遠遠超越宗教本身。另外，關於僧侣往來的交流方式、交流内容等細節方面的研究，前輩學者已取得諸多成果，但當前該領域的史料仍層出不窮，有待於學者們進一步的挖掘、釐析和探究。而藏於彼邦的中國僧侣佚籍、珍籍更應成爲當代學人首要整理的對象。

「日藏稀見釋家别集叢刊」便是在這樣的背景下提出來的，其目的是將日本所藏的中國僧侣的稀見詩文集或者版本優異者加以整理。我們認爲，以整理日本所藏僧侣别集文獻爲契機，對比勘校珍稀版本，在關注佛學論理和個性文學修養之外，挖掘其中涉及的中日佛界交流、人物往來、經濟貿易等信息，可爲今人展現宋元明時期中日文化交流的歷史圖景，擴大中華文化的歷史内涵。同時，釋家别集文獻又是研究當時文學體裁和内容，特别是僧侣文學的基礎材料。《全宋詩》《全宋文》《全元詩》等各個朝代詩文總集對於僧侣著述的整理，由於版本的差異或缺失，仍有不足之處，如欲完善宋元明文學之全貌，那麽佚籍的發掘和整理是必不可少的一環。

出於對當下學術條件的考量，我們對於僧侣詩文著述的選取，側重於已成書者，目前已發現二十餘種現存於日本的完整的中國古代僧侣詩文集文獻，如宋釋智圓《閒居篇》、元釋大圭《夢觀集》、明釋克新《雪廬稿》等，皆爲稀見之書，極有裨益於補充中國傳世文獻之不足。此外，本項目也涵蓋雖未親赴日交流、但在中日間頗有影響的名僧，如宋釋契嵩《鐔津文集》、宋釋居簡《北磵文集》等。這兩種文集傳至日本後，有五山版覆刻本，刊刻精良，各卷内容也與國内所藏版本有所差異，頗有價值。現存的釋家别集文獻，有些存藏於日本的公私圖書館，有些存藏於寺廟，管理嚴格程度並不一致，加之語言溝通的問題，對於今天的中國學者而言，使用起來尚有許多不便之處。因此，通過本項目多年來持之以恒地收集，並認真加以校訂，形成一個較爲完善的版本，將爲學者免去搜索勞頓之苦，可謂有功於學林的嘉惠之舉。過去，對於赴日僧人的研究多由日本學者開展，雖然他們善於收集資料，精於考據詞章，但其觀點難免有失偏頗，因此，中國學者有必要發揮自己的文化優勢，從系統、宏觀的角度加以思考，從而得出較爲客觀的結論。當然，我們所作的工作也僅僅是抛磚引玉而已，如有更多的大方之家參與其事，則更是令人喜聞樂見的。

漢籍數量浩瀚，是巨大的文化寶藏，是歷朝先賢的智慧結晶，是中華民族文化熏陶、傳承的基本載體。然而不幸的是，在中國境内，相當一部分的典籍因爲歷史上的各種灾厄散佚了。但這其中仍有一些文獻在域外得以保全，特别是東瀛列島，又可謂文化幸事。域外漢籍的發掘和回流，肇始於五代十國時期，吴越王錢俶曾派人赴日本求取天台宗的佚籍；其後，日僧奝然的入宋獻籍，使得宋代有識之士如歐陽修等人認識到彼邦有故國之書。清末楊守敬更是趁着日本明治維新漢學式微之際收購三萬餘卷漢籍珍本，運回國内，爲填補我國傳世文獻的空白做出巨大貢獻。當然，今天的科技和學術發展大大超過前代，我們所發現的日本所藏漢籍珍本、繪卷、碑刻等文化遺産更是層出不窮，引起學界的廣泛關注。

新文獻的發現和挖掘是學術研究的基石。推而廣之，近年來，國内參與日本、韓國、越南等域外諸國所藏漢籍整理的學人日漸增多，南京大學域外漢籍研究所、復旦大學文史研究院、中國社會科學院古代史研究所、浙江工商大學東亞研究院等國内多所知名學術機構的參與正使得域外漢籍研究逐步成爲學術熱土。這是令人欣喜的局面。

知微見著，由此及彼，日藏稀見釋家别集的出版將有助於國内學者吸收中日兩國前輩學者的成果，從而能夠提出新的合理觀點，挖掘生動的歷史内涵，爲今天的中日交流提供歷史鏡鑑，也爲當今域外漢籍研究學界提供可資參考的研究材料。是爲序。

本叢書編者

初稿於二〇一六年二月二十日

定稿於二〇二二年六月二十日

點校説明

夢觀集二十四卷，元釋大圭撰。

釋大圭[一]，俗姓廖，字恒白，號夢觀，泉州晋江人。生卒年未詳，元代至正間詩僧。自幼習儒，博覽群書，及長，其父廖休庵詔曰：「吾爲佛不果，吾以汝許佛，汝行。」[二]遂往泉州開元寺，禮廣漩爲弟子，得妙恩法嗣。凡三歷職而至分座秉拂。元宣政院檄大圭主承天寺，謝不起。圓寂，葬於寺之西山。嘗築室於開元寺之西，名夢觀堂，並作文以記其事：「夢之夢也，堂之亦夢也。」「余所謂觀者，余將以天下萬物合而堂之，夢而觀之。」[三]大圭以開元寺自唐至元六百年間，高僧輩出，而僧史未有作，恐湮滅殆盡，後將無聞，故詳加考訂，作紫雲開士傳四卷，傳七十二人。

大圭擅詩文，爲文古雅簡嚴，詩則不事雕琢，多有佳句，時人吴鑒稱其華寔相副，詞達而意到，不雕鏤而工，去纂組而麗，屏耘鋤而秀。大圭因儒入佛，故能「貫儒釋而一之」，并曰「不讀東魯書，不知西來意」，雖入佛門，却關心國事民情，夢觀集中有多處寫及元末泉州的亦思巴奚兵亂給社會帶來的影響，如僧兵歎、築城曲、僧兵守城行、賊起等詩作。與大圭交善的惠廓上人曾避兵亂於山谷間，後在奔喪途中爲人所殺，大圭作哀惠廓上人與懷惠廓兩詩以紀其事，中有「官軍久不出，所至多淪陷。之子在谿上，奔竄如驚麏」之句，讀此可想見惠廓在這次兵亂中的悲凉境遇。大圭也有詩文如解雨、哀殍、閔農等關心民間疾苦。

夢觀集在元明時有二：其一凡二十四卷，釋大圭著。其二凡六卷，明釋守仁著、明如蘭編次。釋守仁，字一初，號夢觀，富陽人，明初靈隱寺僧，有詩名，文集亦名夢觀集。南京圖書館藏夢觀集六卷，存卷一至三，有丁丙跋，定爲明初刻本，卷前有洪武二十二年（一三八九）宋濂序。北京大學圖書館藏有清抄本（存卷一至三），日本公文書館藏有江户初期林羅山舊藏抄本六卷，跋語謂據明刻本手抄。以上皆係釋守仁之夢觀集。

釋大圭夢觀集在元代公私目録中未見著録，明黄虞稷千頃堂書目卷二十八記：「大圭夢觀集，字恒白，晋江人，泉州開元寺僧。」未記卷數。夢觀集初刻於元至正間，因「版烼篇腐」，至明崇禎八年（一六三五）由比丘道昉募資，於次年重梓。以上兩本，國内皆已無傳，通行者乃四庫全書本夢觀集五卷。館臣提要云：「其集本二十四卷，首爲夢法一卷、夢偈一卷、夢事一卷，次爲詩六卷，次爲文十五卷。所謂夢法、夢偈、夢事者，皆宗門語録，不當列之集中。其雜文亦多青詞疏引，不出釋氏之本色，均無可取。惟其詩氣骨磊落，無元代纖穠之習，亦無宋末江湖蔬筍之氣。……今刊除其夢法等卷，并删除其雜文，唯録古今體詩，編爲五卷。」是此以後，國内傳本皆爲夢觀集詩體選本，有國家圖書館藏清同治十三年（一八七四）木活字印亦園子版書本夢觀集五卷附録一卷、傅氏藏園藍格抄本三卷（傅增湘校並跋），及清顧嗣立選元詩選本夢觀集一卷等。

傅增湘藏園訂補郘亭知見傳本書目卷十四著録「夢觀集五卷，元釋大圭撰，刊本」，傅氏訂補云：「清光緒初閩人龔顯曾刊亦園子版叢書本。」【四】藏園抄本三卷，鈐「沅叔手校」印，戊辰年（一九二八）據舊寫本抄録。因訛誤較多，傅氏以意校，卷三後跋語云：「文友嘗見此集傳抄本，九行十八字，分體不標卷次，標題大字占雙行，款式頗古，知從舊迻寫者。然訛誤滿紙，苦無別本可勘，姑以意改正其顯然者。他時擬登文淵閣，取諸著録本重校定焉。戊辰四月十八日，藏園記。」儀顧堂題跋卷十三夢觀集跋云：「夢觀集五卷，元釋大圭撰，抄本。……同治十二年，奉旨赴閩，從晋江

黄制軍處借得翰林院底本，命小胥影寫副本，卷第則改從閣本焉。」【五】

然崇禎本較早傳入了日本，且日本公文書館及蓬左文庫各藏一部，皆爲二十四卷，各卷内容與館臣提要所云集本編次相同。日本公文書館藏夢觀集，書高二十七點二釐米，寬十六點六釐米。框高二十一點六釐米，寬十四點二釐米。有界欄，每半葉十行，行二十字，白口，單黑魚尾，四周單邊。書前有池顯方、道昉二序。正文各卷卷端題「夢觀集卷之幾」，卷一署「元温陵釋大圭著」，其他各卷無署名。卷内鈐印「日本政府圖書」「内閣文庫」，係内閣文庫於明治十八年（一八八五）建立時從太政官文庫接管而來，次年二月起鈐「日本政府圖書」，一九三三年改鈐「内閣文庫」。此外，静嘉堂文庫藏有明刻本殘五卷（四庫底稿本）、寫本五卷，東洋文庫藏有誦芬堂叢書本夢觀集五卷并附録，日本國會圖書館亦藏有清顧嗣立選元詩選本夢觀集一卷等。

總的來看，無論是内容的完整性，還是版本的豐富性，日本所藏二十四卷本夢觀集都極具價值，值得整理出版。今以日本公文書館藏崇禎九年夢觀集二十四卷本爲底本（簡稱底本），以文淵閣四庫全書本五卷爲參校本（簡稱庫本），重新標點整理出版。

本書整理本之文字，原則上一仍其舊。但爲便於閱讀，筆者將底本中出現頻率高且隨意書寫的異體字、生僻字適當改爲正體字（即括號中之字），如「鼇（鰲）」「氷（冰）」「窻（窗）」「詶（酬）」「皷（鼓）」「懽（歡）」「栞（刊）」「泪（淚）」「玅（妙）」「踈（疏）」「咲（笑）」「珎（珍）」「貲（資）」「摠（總）」等；底本中上下結構、左右結構皆有的異體字如「桉（案）」「慙（慚）」「峯（峰）」「稾（稿）」「幙（幕）」「朞（期）」「胷（胸）」「鄣（障）」等，均按常見字形處理（即括號中之字）；出現多個異體字的則統一爲一個（即括號中之字），如「個、箇、个（個）」「踈、疏、䟽（疏）」等；底本中的俗體字也改爲正體字，如「异」改爲「異」等；通假字則予以保留，如「蚤」通「早」等。另如「間」「閒」「閑」，或爲多音字，或詞義互有交叉，故隨文義調改。

在本書定稿及出版過程中，項目主持人、西南大學出版社閱見書店負責人黄璜先生爲本書給予大力支持，女史宋月、羅雪儀等爲本書校對付出辛勞。在此一併致謝。囿於水平，其中乖誤在所難免，誠望方家給予批評指正。

校勘記：

【一】大圭生平資料參閩書卷一百三十七、補續高僧傳卷二十四、新續高僧傳卷六十一、續燈録卷五、開元寺志開士、元賢紫雲開士傳補傳、夢觀集卷十二先休庵居士傳等。

【二】夢觀集卷十二先休庵居士傳。

【三】夢觀集卷十一夢觀堂記。

【四】清莫友芝撰、傅增湘訂補、傅熹年整理：藏園訂補郘亭知見傳本書目，中華書局，二〇〇九年，第一三四二頁。

【五】清陸心源撰、馮惠民整理：儀顧堂書目題跋彙編，中華書局，二〇〇九年，第一八七頁。

夢觀集序

菏澤云，諸法如夢，千聖同説；牛頭云，設有一法，過于涅槃，亦如夢幻。夫涅槃，果德也，猶視爲夢，況世間有爲諸相乎？凡夫以世相爲真，至人以涅槃爲夢，惟在觀不觀之異耳。故心經首用觀而結以遠離夢想，金剛末用觀而先以有爲如夢，楞嚴中用觀而云却來觀世間猶如夢中事，此夢觀所繇名也。三般若中，寔相般若以文字爲教，觀照爲行。至人觀照行深，發爲方便文字，能嶽奔海立，電掣星馳，河口劒牙，銅拳鐵棒，法龍據祖師之席，義虎奪文士之壇，雙門互攝，百體兼收，此夢觀集所繇刻也。

吾郡紫雲寺爲叢林之冠，唐宋時開士如林，至勝國有妙恩律師，嗣法於臨濟宗雪峰湘公，于時統百廿院之紀綱，應五百聖之瑞夢，偈證圓通，寂現舍利。其徒恒白圭公，豁正法眼，具弘辯才，常曰：「不讀東魯書，不知西來意。」故其詩文古宕清靈，馳驅百氏；其贊偈玲瓏卓越，融洞五宗。至秉拂數則，逗威音那畔之息，超毗盧頂上之譚，如栗棘蓬，如猛火聚，直教髑髏出眼，枯木生花，收揀互施，殺活自在。如此大用大機，即妙喜、中峰之廣演不能出其圈繢，豈世智文人所能彷彿哉？【一】圭公以著元字脚即爲夢，故謂三世諸佛説夢，六代祖師説夢，天下老和尚説夢，今夜第二座又向夢中説夢，秉拂上坐，直得緘嘿而已，孰知緘嘿而亦夢也！然則語嘿皆夢，誰爲不夢者，是在能觀之人矣。

有如是昉上人越嶺積參，歸閲斯集，合若水乳，思蠹簡將湮，因鼎鐫，屬予序而流通之。夫説者既夢中説夢，則鐫與序不猶夢中人取夢中物耶？今第願閲斯集者，即文字般若頓返寔相般若，夢不夢皆權設也，應作如是觀。崇禎玖年丙子上元，奉菩薩戒弟子同安池顯方直夫甫拜書。

校勘記：

【一】「彷彿」，同「仿佛」。

重刻夢觀集疏

桑海變幻，無法不爾。而欲使文字之傳，不與劫灰，自非金口，所宣有難言者。爾然而揚名後世，以顯父母，孔子孝之，先儒又言達賢者有後，是二者，吾嘗誦之。爾寺有夢觀公者，歷生至正，行加總持，既閒宗教，兼擷儒英，學多繇情以明性，文故古雅而玄淡，環師而後，一人也。曾慨僧史無稽，遂放司馬列傳，謹貶褒以嚴法，冀復淳于既波，厥功茂焉。蓋其一段繼往開來之苦心，亦希後人仰資遺意，以錫類不匱者也，况其爲公之集乎！所纂開士傳，吾祖月滿公已於萬曆甲辰年梓行，獨其集若干卷，版燹篇腐，今之緇流，至有不知其名者。矧讀其書，此吾法裔之耻也。點簡遺籤，不勝愾然，敢告宗支，共襄流布。

夫龍宫愛寶，尚收人世所珍，豈有皇皇祖澤，忍使金碧沉煇？後之視今，亦猶今之視昔，毋使後之人弔古興悲，曰是固泯於若而代之手者，余則免於戾矣。若曰：是乃公汲汲乎修前喆之美行者，而故穫而報於今也。綿綿瓜瓞，因在果在，是又不可以興乎？謹爲疏。崇禎八年乙亥菊月，法裔菩薩戒比丘如是道昉稽首拜疏。

夢觀集卷一

元温陵釋大圭著

夢法

泉州開元書記寮冬至秉拂

一元未判，至理全彰；三畫纔分，彝倫攸斁。鷲嶺拈花微笑，大似上古結繩；少林立雪安心，何異肇興書契。自此淳漓朴散，接響承虚，説黑説黄，指直指曲，總是土圭測景，尺箠量空。衲僧家須向卦爻未兆、點畫未分以前，一印印定。俾從上千聖，窺覰無門；歷代祖師，難尋朕迹。堂前接牓，正是小兒學草書，义手進前，永字八法也不識，説甚東來意西來意，佛法短佛法長。夜闇晝明，春寒秋熱，騰騰任運，自在優游。只如紫雲影中開發天門户，龍象雜遝懷滄海明珠。華屋斬新，簷楹飛舞，玲瓏八面，峭峻一方。作佛法商量，即是作世諦流布，即是秉拂上坐，未免借上方佛子，爲諸人剖斷。以佛子劃一劃，云未明三八九，難達古皇道。舉古德一綫長，公按拈云，者僧綫路上經行，不顧脚下；古德針孔裏蹲坐未解，轉身方丈老人。清機歷掌，妍醜俱分。秉拂上坐，未免狗尾續貂，輒成一頌，呈似大衆。一綫長兮長一綫，兩個五百成一貫。莫把金針度與人，鴛鴦繡出從君看。

後堂寮秉拂

無言無説處，顯示泥團土塊；一機一境上，提撕平地骨堆。洞山果卓，浩老布裩。一奢一儉，慈明揭牓，仰山叉手；一儉一奢，從上古德，與麼激揚。致使末代葛藤，不少以拂子畫一畫云，秖今一畫畫斷了也。自然陰消陽長，天清地寧，枯桑樹上藕花敷，雙石塔尖光奪月。便見五十六員高僧與黄長者遞相慶賀云，一氣與大塊之初，萬物遂發生之理。或勾或甲，熙熙陶陶，上方主丈子，聽得出來道。卓主丈云，一切諸法，無而忽有，如夢如化，所以三世諸佛説夢，六代祖師説夢，天下老和上説夢，今夜第二坐又向夢中説夢，輒莫瞞人。好秉拂上坐，直得緘嘿而已，何也？鐵牛對對黄金角，木馬雙雙白玉蹄。

方丈舉僧問疏山東來意。公案拈云，疏山拈出道地藥材，争奈者僧病根難拔。方丈和上有秦越人之手，點著起死回生，天下衲僧毛病俱差。秉拂上坐，到者裏有伎没施處。雖然，擊佛子云，相逢恰值天寒際，未暇開囊出秘方。

前堂寮結夏秉拂

地無凡草，公案見成；桑綻白蓮，天機漏泄。黄面瞿曇乾屎橛，缺齒老胡不是祖。二千年前忒煞，無端立個圓覺伽藍，平等性智。作法於凉，自餘鵝護雪，蠟人冰水，拈牛寒山子。作法於貪，匝地普天，滔滔流弊，聚頭接耳，瞬目揚眉，參底參，證底證，舞文弄法，如麻似粟，秉拂上坐，没些長處。拈主丈云，敢借上方拄杖子，剷除宿弊，爲天下衲僧出一口氣去也。卓主丈云，掀翻圓覺，擊碎蠟人。靠主丈云，此去風光斬斬新。

雲峰鐵彈子，公案拈云，尋常鐵彈子，一經方丈老人爐鞴，便恁麼活脫向虛空裏打踍跳。秉拂上坐，只得冷地看取，輒伸管見。以似大衆軟如生鐵，硬如綿糌，轉真機妙不傳。若向話頭分兩橛，分明一箭過西天。

夢觀集卷二

元温陵釋大圭著【一】

夢偈

蓮寺粧塑迦葉佛

捏土塗金巧像真，落人眼底翳還生。蓮宮個個識得你，七佛中間第六名。

中天竺改門蓋祖堂造祖塔築墻砌路栽松

祖關無鑰塔無門，向上情知秘不傳。話著却緣墻有耳，松風浩浩撼中天。

泰上人五臺瞻禮

八千里外展炊巾，大小文殊禍嫁人。覿面踢翻師子子，一毛金是一毛塵。

明上人出嶺

一尋寒木帶秋霖，要到湖江洗渴心。笑倒高僧五十六，古龍眼井碧沉沉。

蓮寺蓋山門屋

八字掀開解脱門，毋勞郢匠運風斤。是誰把手拽不入，華屋重重鎖紫雲。

全禪者說楞嚴

徹心辯見落七八，魔說相承直至今。三寸舌頭生鐵帚，看渠別用一機深。

福都寺刊觀國師華嚴疏

雜華科疏網重重，那得楊岐正脉通。截斷國師三寸舌，只將一印印虛空。

津上人禮祖

一條生鐵獨横秋，去去荒山撼髑髏。他是祖師謾殺你，力鞭不共戴天讎。

蓮寺蓋涅槃堂戒壇造塔

戒珠光射涅槃城，蓋覆將來禍事生。個個紫雲門下客，誰無靈骨墮深坑。

立監寺幹田北上遂如五頂

一卸楊岐犂杷子，開元基業要重扶。出頭天外臺山頂，七佛之師田庫奴。

英上人省天寶樞公

雲邊幸自一身閒，舊路迢迢憶寶山。見説諸方多鬬富，阿師深鎖鐵門關。

題文殊唯識疏真迹

業習頓空能所取，真唯識性絶纖埃。七零八落紙上語，莫謗文殊親寫來。

寄近禪者

露柱懷胎生未生，腥風早是滿樵城。遮回放下全無事，添得虚空笑一聲。

鐵牛號

輥出紅爐遮一頭，耕翻大地始心休。帶黄金角入泥水，雲覆田田萬寶秋。

則中

大準繩爲諸佛師，明明坐斷兩頭機。果然喚作第一諦，端的虛空幾尺圍。

秋月

團團正體露金風，萬象森羅一照中。盡向太陽門下看，蝦蟆吞却廣寒宫。

邁翁

一超直下趣菩提，地位重重誑阿誰。八十老人行得别，不同三歲小孩兒。

海漚

起滅雖殊體不差，際天一碧浄無瑕。便從未發已前領，波面花添眼底花。

松江

蚪枝偃翠水無波，當日横趨見也麼。不是根源明直截，進前風浪溺人多。

錦江

文彩全彰織不如，澄波萬里正平鋪。裂開天地來春色，叵耐莖蘆一老胡。

祖庭

西來無意樹無根，後代爭開建立門。端的要論從上事，春深玉砌鎖苔痕。

中立

打之遶向外邊尋，辛苦方甘自歇心。著到者回從裏面，脚跟三尺雪深深。

見山

覿面須彌第一峰，還他雙眼帶雙瞳。眉毛眨上自蹉過，暖翠浮風千萬重。

無言

一火開眼溺床漢，問如何又答如何。舌頭不動我者裏，佛祖到來俱倒戈。

大心

竪窮横遍等虚空，一法圓收萬法融。多口瞿曇徵七處，全身坐在妙明中。

昭然

山河大地没遮攔，一片清光萬象寒。明白裏頭開合眼，烏雞飛去夜曼曼。

玉峰

天然一片謝雕文，瑕翳無些峭十分。和氏當時曾夢見，通玄頂不度飛雲。

諸同志頌余恒白字余亦作【三】

地老天荒一色邊，當頭只是坐銀山。洞然明處掀翻盡，依舊藏身黑漆間。

轉上人禮五臺

貶却文殊二鐵圍，相逢剜出眼睛來。渠儂底事喫辛苦，雙膝黄金拜五臺。

四松正侍者參方

胸吞湖海活鱍鱍，熱大松灣著得渠。諸老龍門天様闊，者回不是赤梢魚。

天寧藏主見天寶

瞌睡於菟作禍胎，天山一靠怒如雷。阿誰更奈伊何得，寶嶠深深陷穽開。

題羅漢畫握拂擴經觀舍利猊床説法凡四尊【三】

設利靈光長遍界，大經一字字流通。掀翻猊坐奪却拂，小果休來説脱空。

蓮寺都寺鑄羹飯二銅鑊

鎔銅百沸可沾唇，慚愧楊岐鬪飣新。甘露倫羹雲倫飯，全開鼎鑊陷平人。

首坐輦下幹田

祖翁田地累人來，一舉心腸痛一回。看我眉間三尺劍，寒光萬里射金臺。

祖上人參方

百城煙雨路如天，一錯南方發足前。莫受他家野狐唾，歸來龍井有新泉。

珍上人省師游方

慈父親生五逆兒，怨憎愛别苦同時。到頭抛向江湖外，免得相看各皺眉。

哀彬首坐

劍掛眉間氣射雲，佛來也結死讎冤。虚空迸灑春風淚，難洗從前血濺痕。

示日本機禪者

眼底金烏夜半紅，一機蹉過海門東。禪師不在大唐國，萬里茫茫吹業風。

省上人之五臺

文殊出入面門中，倒跨金毛示你儂。蹉過白雲浮萬里，勞人直上五臺峰。

洪藏主省師因禮補陀

藏海珠曾赤手挐，除將圓相示渠爺。前途若也輕拈出，笑倒春風小白華。

都寺開僧堂天井移廊路

逼人參透此頭關，得路何如塞路難。個個橫眠單七尺，天光瑩徹覺場寒。

鑷者

逢人白刃便相挨，贏得儂家笑滿腮。真個頂門開正眼，放渠上面上頭來。

南山廣維那游方

南山絶頂震金槌，正是虛空百雜時。放下如何猶未穩，無岐路處作多岐。

題文殊謄唯識注

唯識之成依主釋，窺基章疏已支離。隨波逐浪猶抄寫，大好堂堂七佛師。

震侍者

諸方佛法破芒鞋，當日師家賺一機。普地普天寒凜凜，加霜雪上布毛飛。

潮忠知賓

當時看客笑吟吟，千尺風濤一寸心。來上別人門户了，洛陽江似驪潭深。

智者康維那

一槌便成猶是鈍，更走千峰與萬峰。恁麼果然稱智者，我儂終不信渠儂。

靈山全藏主行脚

一大藏教横竪説，靈山禍事嫁人多。渠儂拂袖便行也，黄面瞿曇開網羅。

鵲塘路

靈鵲塘頭泥水深，爲人鋪出自身心。脚跟那個蹋不著，塊石分明一塊金。

刊科本蓮華經

天台科釋要流通，金鎖玄關是幾重。别向正經開綫路，版圖四海盡朝宗。

因韻寄萬卷【四】

瑞世長汀迹未陳，正須末運寄千鈞。龍池著得龍門客，已是渾身金作鱗。

趙相師請偈見龍池

細抹幢雲縷縷新，等心相接没疏親。入門總是相師客，不易龍池作主人。

觀維那歸潮陽寧親

心心五逆望東南，放下金槌又不甘。從本爺娘那個是，青天雷起鱷魚潭。

贈太白壽維那行

法戰機先下一槌，明明佛壽等縣絲。放行掃却前途轍，太白峰高開皺眉。

照侍者

三呼三應錯供通，據款元來結按同。江折門門老知識，照人業鏡掛虛空。

焕上人禮祖

祖師個個陷泥犁，隻手應難救得伊。一種蒼天更冤苦，炊巾提起笑掀眉。

昌上人禮祖

孃生雙膝貴黄金，大地秋風鐵一尋。佛祖髑髏俱擊碎，阿誰蹲坐草窠深。

雪中送成禪人

一個渾身鐵鑄成，滿天飛雪尚孤征。當時立到齊腰處，争似渠儂信脚行。

林醫師

神方别請試囊中，要入醫門自不通。拈却從前多藥忌，上池水外見倉公。

林座主

千經萬論積如山，運得行時總等閑。哮吼出林插翼虎，腥風從此遍人間。

珪上人來參

從門入底俱不是，口耳相傳糞埽堆。珪璧如山家自有，烏藤笑汝外馳來。

維那之五臺

山河大地總文殊，自己分明也是渠。當日一槌擯不得，者回相見費分疏。

舉知賓游方

庭前柏子舉難全，韓伯當時笑揭天。話有話無俱裂破，更須還我草鞋錢。

天親上人

入門供款要分明，公按從來據見成。有問渠儂何下字，只言無著是師兄。

明上人告行

明白來通欲去情，草鞵昨夜翼初生。儂家贈汝將何物，相送秋風一萬程。

客有携卷欲余偈者開卷不見其名氏〔五〕

無字無名渠是誰，求人偈語土加泥。虚空名字分明有，我與虚空蘸筆題。

善上人

雙瞳揩碧笑聲長，誰爲程途更熱忙。百一十城秋色裏，善知識不在南方。

悼至侍者持經

轉得三千部法華，如何地獄去爲查。當時對客敲牀處，一個心腸毒是蛇。

虛己號

絲毫曾不掛胸中，豁豁都成個太空。端的要相瞞一點，我儂自有主人公。

道山

一峰空劫已前青，佛出頭來似不曾。九十六人外邊討，白雲長鎖最高層。

宣遠

覿面全提一句子，新羅打鼓夜摩齋。便從者裏流通去，盡大地人成佛來。

道元

只者平常心便是，明星特地歎奇哉。直饒你作如何悟，還我當時未悟來。

超有

者裏一念都不起，明明三界絶行蹤。是誰頭出與頭没，金網猶開廿五重。

空極

撈到無時無亦無，眉毛落盡眼睛枯。有何佛法閑家具，彌勒釋迦元是奴。

力庵

從來直欲闘諸方，一指頭邊幾熱忙。向道如今無用處，見人不解下禪林。

寂照

一片凝然亘古今，胡來漢現總無心。者回打破鏡相見，賺殺人從光影尋。

心海

同虛空界浩無垠，出没漚花幾佛身。徵不得時覓不得，分明徹底起蓬塵。

悼觀音維那

全神八萬四千臂，自已觀音下一槌。直至如今提不起，山河大地命懸絲。

示人（二十二首）

佛法虛空同不壞，天魔外道浪興心。有爲法有生住滅，佛法無爲亘古今。

佛是一員無事漢，十分容易與人爲。緣渠自作艱難也，萬刧波查走路岐。

雜用心時除粥飯，看來早是欠工夫。禪流日日藂林下，雜用身心頃刻無。

一塵塵有輪王福，拜佛因深果亦深。折却慢幢投五體，未應膝下損黃金。

横説竪説一藏教，只是俱胝一指頭。泥却指頭掃藏教，知君也未是禪流。

選官争似選佛去，間早抽身出愛河。縱使白衣誇富貴，出家功德勝渠多。

六種摇摇境界風，吹人識浪起無窮。秖今一念萬年去，心也空兮境也空。

貪恚癡爲三個毒，斷人慧命只繇他。莫教瞥起意根下，千劫波兮萬劫波。
十方僧物爲常住，莫向中間竊一毫。今日雖然還受用，再來換却你皮毛。
行門八萬力須行，第一慈悲護衆生。菩薩若萌嗔一念，當來佛果幾時成。
入此門來圖佗佛，如何行履却三塗。他時異日脚跟下，還有蓮花生也無。
伽藍不是旃陀舍，烹宰如何向此中。正要天龍來護法，却教遠引避腥風。
只者無爲解脱門，入來個個衆中尊。阿誰強自生纏縛，之遶外隨人脚跟。
趁身強健好修行，何苦追隨利與名。大抵都無百年樂，弄來業識累他生。
道心心似常流水，今日也流明日流。水本無心流不住，道初無意辨無休。
時人個個弄泥團，撥棄真金不肯看。弄到臘月三十日，泥團也破業如山。
佛世比丘全四儀，隨身規矩一無虧。六群猶自勝波毱，何況如今末運時。
内證平等外平等，諸法元來一自心。那個高兮那個下，無端輥入見稠林。
除一實相餘魔事，滯寂貪功總強爲。老去依山結茅屋，春來縛竹作笆籬。
國師不作作高僧，也是無端妄想生。多少流芳遺臭底，掛人唇吻馬驢名。
依倚全無十二時，個中日用妙誰知。已靈諸聖閑家具，獨對青山笑展眉。

瞿曇鼓盡皮兩片，入草求人大地空。百萬衆中無壞衲，一華拈起自春風。

不赴招慶（二首）

風痺年來在四肢，出門即與杖相隨。高高明月臺如許，著脚何堪跛脚師。
莫嫌者個畜生兒，鼻孔遼天不放低。縱使繩頭穿得著，也無筋力解拖犁。

只恐

眼看末運已頹波，競卸袈裟去荷戈。只恐三千金世界，明朝化作戰場多。

答三山吴鑒（二首）

幾年學得舞肢腰，到處身將竿木隨。底事逢場羞作戲，只愁笑倒鄧禪師。

水牯牛生水牯兒，入田不放鼻頭低。秋來禾麥多成稗，空負先農一把犂。

十奇頌（十首）

一芬陁利遍流芳，不在春蠶葉上香。爲瑞爲祥百廿刹，阿誰又覓舊枯椿。桑樹白蓮。

一色光明撥不開，半青黄底浪疑猜。山河百二全包裹，放你函關望氣來。紫雲蓋地。

清淨尸羅生體是，如何特地强安排。五層封土鬼蹲埵，更望天中上味來。甘露戒壇。

這裏是甚麽所在，尋常枝蔓敢侵疆。還他一種靈苗好，吹落春風步步香。凡草不生。

碧眼龍眉解魔人，容求單位笑欣欣。明朝添五百閑漢，大屋潑天開紫雲。應夢羅漢。

無端要播臭聲名，平地干戈老賊精。是我何曾施寸刃，屈他五十六人兵。支院高僧。

涌出團團無縫塔，再來古地也難尋。同時遮照全賓主，爛却虚空不轉心。東西石塔。

霹靂聲前儁不禁，豁開秋水碧沉沉。天生神物瞳人别，除是綆長來汲深。古龍眼井。

十支論注手抄過，弘法其如作涌何。大智人前三尺闇，後來入海筭沙多。文殊墨蹟。

露肩擔荷個什麽，想得平生誑謼人。坐殺清風明月底，雲間更著一渾身。袒髆真身。

校勘記：

【一】元温陵釋大圭著　底本無，據《庫本》補。以下卷三至卷九同。

【二】諸同志頌余恒白字　「余」，底本作「予」，據文義改。

【三】題羅漢畫握佛横經　「佛横」，底本作「拂撗」，據文義改。

【四】因韻寄萬卷　「卷」，底本作「庵」，據文義改。

【五】客有携卷欲余偈者開卷不見其名氏　「余」，底本作「予」，據文義改。

夢觀集卷三

元温陵釋大圭著

夢事

落髮付衣

一毛頭，百億毛頭，遮裏盡情放下，直教腦後光浮。剃髮云，劍刃翻騰得自繇。

清浄衣，無差别衣，恁麼總不消得，秖今覿面發揮。提起衣云，蓋覆乾坤者一機。

落髮

向上機直下，是回頭轉腦，千里萬里。提刀云，搆取吹毛未舉前，一片圓光亘天地。

付衣

黄梅底，黄園底，的的親傳，不一不二。度衣云，全肩荷負將來，真個如龍得水。

落髮付衣

是句亦剗，非句亦剗，鋒鋩未露已前，顯發頂門正眼，無凡草地春風轉。纔有一絲，便有一絲，直下掀翻了也。當機正好提持，祥雲遍覆五須彌。

落髮

提向上機，斷最後結，一時浄盡，不留毫髮。提起刀云，珊瑚枝枝撐著月。

付衣

佛傳金襴，祖傳屈眴，大丈夫兒阿誰無分。只如超佛越祖，底傳個什麼聻。度衣云，著衣喫飯。

落髮付衣

截斷千差頂門眼正，萬象森羅大圓鏡。
荷負者個師子踞地，大地山河真實體。

落髮付衣（尼）

向上機，不露頂，搆得分明，纖毫浄盡，個個圓成無欠剩。成片段，絶毫釐，針劄不入，著刀提撕，看取全肩荷負時。

付杜多衣

煩惱垢染盡，情抖擻全體，露堂堂一塵元不受。度衣云，正好從頭都蓋覆。

福監寺塔

福監寺，古薦福來也，不是不是，則監院來也，不是不是。撫骨云，者裏髑髏眼開，畢竟無是不是，大地山河歸自己。

復壇主塔

復壇主克己復禮，分明俗氣不除，因戒生定，依舊未忘聖解。撫骨云，聖凡剿絶髑髏空，湘南潭北春如海。

果監寺塔

果監寺栗棘金圈，如何吞透，果然恁麼來，分明成不了。拍骨云，當機擊碎髑髏來，瑠璃古殿月如晝。

明殿主塔

半千水牯牛，亂走不受牧。明明只者一頭，因甚未曾淳熟。明殿主諾，淳熟了也。

徹骨風流歸去來，千山萬山春草綠。

育副倉塔

育副倉法身慧命，如何養育，辨得菩提資糧，自然千足萬足。嗄衲僧門下恁麼見解，打你鬼骨臀貶，向無生國。

潼典坐塔

潼典坐調和，衆口一味，真實潼強遂假，着甚死急放下。髑髏前真假俱不立，撈開無縫身入。

静上座起棺下火〔一〕

静閙兩忘，身心放下，正是陷入重圍，幾乎活不得也。静上坐當頭，一着活渠儂。拍棺一下云，處處緑楊堪繫馬。静上座柔性剛，静性熱，破生死魔。竪火云，用者一訣。擲火云，阿剌剌烈焰紅爐飛片雪。

圓副寺下火

圓副寺康氏圓形作何形狀，思筭得出時，黑豆好合醬，生死到來覃。擲火云，水潤下，火炎上。

祥殿主起車下火

打殺佛，拆却殿，尊貴吉祥，死生任見。祥殿主端的浄裸裸赤灑灑，雲門德山，輸與田頭車水漢。

殿裹燒香，扶起放倒，畢竟有何祥瑞來。丈六金身一莖草，祥殿主生死，中無佛潭。良久擲火云，水流濕，火就燥。

義省行車

義堂主聖諦第一義作麼生，明法身三種病作麼生，看尋常口似紡車，問着翻成死漢。良久撫棺云，駕頭只在含元殿。

沅莊主車

沅莊主百草頭邊撫一下云，識取者個沅芷澧蘭，何似者個，只者個是你。莊頭庫尾，見盡萬千，因甚生死，岸頭依然㦬㦬。喝一喝云，香輪莫碾青青破。

元秩浄人火（斫柴歸死）

元秩浄人，伐木丁丁，德音秩秩，生死枝葉，直下剗除。菩提無樹，分明搆得，斧斤不犯，别有新條。擲火云，千日斫柴一日燒。

倞表白起骨

倞者索義，倞者強義，雖則二義，只者一字。倞表白莫是一字陀羅尼麼，良久云，蹉過髑髏前，何止較三十里。

傳維那光知客起棺

祖祖相傳，虛名嚇鬼，寧可爛却佛法，終不孤負自己。傳維那既然恁麼，光知客又作麼生，一文大光錢買得個油糍。撫棺云，無賓主話，話行時。

滿輪藏塔

滿輪藏彌滿清淨，中不容他透頂透底，絶痕絶瑕，只如三百六十骨節，八萬四千毛孔，同轉法輪聻。喝一喝云，莫撒土沙。

明塔主起棺

明塔主塔，户開分明，現眼底瞖花，生抵死看難見。撫棺云，遮裹爲君通一綫。

元伯堂主火

元伯行者終日在堂中，不識堂中主打圓相。只者堂中主，分明爲指似，韓大伯笑不徹，丙丁童哭不住。擲火云，焦尾大蟲元是虎。

洁壇主轉骨

形從水，聲從吉。形聲未泄，洁從何得。恁麼舉著，早是字句落，非争得壇場建立。洁壇主撫骨一下云，是非俱剗髑髏前，瞥轉一機人不識。

茂都表下火起骨

茂都表茂陵劉郎來也，太俗生茶陵阇梨來也，太僧生總不與麼來，依舊可憐生。擲火云，阿呵呵，死柴頭上也煙生。茂樹坐終日，清磬是非外，恁麼打浄絜球，猶是阇梨見解。茂都表秖今掉臂荆棘林，横身生死海，還渠有個天靈蓋。

添典坐塔

添典坐五味禪，一味禪不論添與減，颺下髑髏前，須信壺中别有天。

嵩和尚湯

雪堂和尚毒藥醍醐，砒霜崖蜜，與麼殺人活人，争奈醫門多疾啞，世有千金無此方，黄園百草吞聲泣。

源都寺湯

源都寺曹源一滴水，蠱毒之鄉水莫嘗。楊岐三脚驢，差病不假驢馱藥。個般古本方書，遮裏總須拈却。提起盞云，點出丹方還扁鵲。

壽都寺茶

壽都寺不動槍旗，宏開壽域，無端檛鼓逼參，枝葉一時狼藉。提起盞云，秖今剿絶見清平，蘗林别有春消息。

介知客塔

名者實之賓，無名是什麼，便是耿介不群，依然不識者個介知客。撫一下云，腦蓋揭翻，分明識破，看水看山坐。

裔首坐起棺

裔首坐，是佛是祖，投諸四裔，何得太粗生，者裏説甚粗細，因甚眉間劍，不露鋒铓鐔。喝一喝云，殺人流血三千里。

佐監寺車

佐監寺十地如臣，十向如佐，衲僧門下，佛是三脚驢，地向是甚熱大，恁麼則無佛無生死那。撫一下云，彌戾車，彌戾車，楊岐穿你眼睛過。

悟上坐火（大道巖來）

甚處來？大道來。還見大道麼？良久云，當機一拶，死口擘不開，從前解悟，底一時裂破。悟上座何不道天寒，只宜向火。擲火云，笑倒嵩山破竈墮。

惠堂主塔

普惠二百問，普賢酬二千，有言是病浄名一個，默文殊，入不二，無言是藥。恁麼延壽堂裏即得，若是者裏總用不著。惠堂主無言，坐在枯木死灰，有言累你入地獄。喝一喝云，六六元來三十六。

發閣主起棺

發閣主大悲千手眼，那個是正眼？鬼語作麼大悲千手眼，那個是正眼？速道速道，惡發作麼，一對無孔鐵槌，者裏一時勘破。有底道正眼是甚，十字街頭石敢當。撫一下云，澄潭不許蒼龍卧。

儀閣主起骨

聲色外，威儀千眼覷不及，若也瞬目揚眉，總是枯骨覓汁。儀閣主撫骨一下云，者裏轉得身來，深深海底行，高高峰頂立。

念壇主塔

一念不生，全體是戒。説甚羯磨壇前那個腦門無蓋，念壇主畢竟安身立命譚。撫一下云，雲定歸山，水須朝海。

愍藏主起棺

切個鉢囉娘，大藏是切脚多少，可憐愍底人抵死切不著，惟有慈航藏主切得著。不用個切脚，風前笑倒黄幡綽。

秀唯識車火

秀唯識，秀鐵面來也，而今是甚時節出頭來。夫鐵脚來也，不得動著，動著生頭角。忽然唯識坐主到來覃，拽出者死屍，著嗄登科拔萃底，者裏不容那更，上車不落底著作。

唯遮境有林間衲子，清識揀心空，海上明公秀，恁麼不落，空有二邊，依然未脱死生窠臼。秀唯識秖今窠臼徑掀翻。擲火云，東村王老夜燒錢。

校勘記：

【一】静上座起棺下火　「棺」，底本作「車」，據文義改。

夢觀集卷四

元温陵釋大圭著

古詩五言

定公生焚詩并序

吾釋氏者定，世古昆吾人。客漳久之，僑居開元寺，業白以老。至元四年秋，峒賊來攻城甚急，漳人莫知所出。定密而祝曰：「使城不陷賊，吾當火吾身以答。」已而果然。越六年，夏，遂纍薪爲龕室西郊，行與衆訣，衆留之不可，乃自燔其間。其火之始張也，人視之泰然，無豪髮惴惴色。郡人咸大駭異，請即其地作塔廟以祠。於乎！定以誓故，生而自焚，宜若得罪於名教者，然與夫食人之食而見危不能致命，立人之朝臨大節而變者，不亦遠乎哉！況定之心，以一身全一城，之死靡渝，亦宜若無得罪於名教者也。抑吾聞定老出世，學其成就，豈此哉？人殆見其膚耳。定之詳，余實得之靈源上人。源與之同居，又將經始其祠者，且請余爲之詩。曰：

群兇白日至，梯衝舞嚴城。疇能身獨死，而俾城不傾。定公出茲誓，金石開精誠。未幾來訊醜，復見溝壘清。前言儻云食，吾將負神明。積薪自厝火，怡然就無生。何意金玉軀，倏忽煨燼成。顧此無餘事，足爲流俗驚。塔廟遂翼翼，鍾鼓初喤喤。爲國效死節，勗哉爾簪纓。

逢蒙

敦弓彀明月，抉拾生清風。一發期必中，大射師友同。學成遂專巧，教者初無功。其心既殺羿，天下惟一蒙。含戴亦齒髮，位置三才中。如何懷此逆，天地或爾容。囓鏃果有術，肆毒應無從。蚩蚩一爲鑒，維以保令終。

送吴生官平灤州學

聞名不一識，始識還我辭。問子何所之，出爲百里師。灤河逼幽朔，士有剛勇姿。爲一陶以禮樂，揖讓中州爲。儻可行所學，無擇官高庳。上以育人材，下以開民彝。爲國右庠序，深意良在兹。海風天南起，桐葉初去枝。諸侯起相送，張飲連夕暉。子有二三策，宿昔獻彤墀。從來志經世，況有御史知。兹焉發初軔，遠大以相期。

田家

日夕多鳥雀，桑麻亦扶疏。煙火四五家，依依久同居。是時雨新足，野水明四渠。兒童呼黄犢，散漫來近墟。老翁已辛苦，入夜歸田廬。月出猶未眠，相與盡村沽。今秋有租税，當春力犂鋤。

晚過何氏林園遂成清集賦詩

日入雨新過，陰陰群木寒。兹來愜林景，況復得所歡。所歡者爲誰，何掾邀數賢。喜客意無倦，促席聞清言。取泉浸新瓜，摘果來中園。新亭會觴酌，高燭明閑寛。而我素不飲，亦復舒芳顔。諠静固異操，離合感多端。深懷一飯意，月出猶盤桓。

客趙鄭二生者談歐陽室形勝（二客譚歐陽室形勝）

衡門何蕭條，竟日抱冲寂。有客方起余，清懷話山澤。載言歐氏居，乃在龜巖側。雲嵌空即遺構，茅茨少人力。上有松可樵，下有泉可食。行游得長林，息偃亦盤石。雲横兩崖青，月出雙澗白。垂蘿飲群猨，密蔭會歸翼。娱情匪一端，悦目固多迹。肥遯諧宿心，逍遥願同適。聞此感客言，胡乃後良覿。棲遲久欲往，夢寐嘗所歷。且復留清吟，同宿風雨夕。嘉約詎敢忘，明當理巾策。

游龜山

六月廿六日，同趙生、鄭生、許氏兄弟游龜山。山之大石下有遺址，相傳歐陽詹讀書于此，因造焉。相與慷慨賦詩，分韻得「魚」字。

閒情素乖俗，樂彼中林居。林居未云果，幽賞意有餘。出郭青山多，佳木亦扶疏。少立游得良友，方駕從所如。翠微薄炎景，藿風汎凉裾。雲徑步窈窕，石門入清虛。少留席豐草，緑縟綿以舒。蘩祠翳鳴鳥，石澗清有魚。形神一蕭散，疲勩亦已袪[一]。賁緣龜巖東，遂即歐陽廬。懷賢仰高躅，撫蹟驚廢墟。願留石中室，畢誦人間書。兹焉恐遲暮，眷眷空躊躇。

造唐山人居

行行野田盡，荒蹊入秋水。何人有新屋，鬱鬱松林裏。欣然造其門，晤言得君子。

解衣坐微凉，超遥適閒美。日澹疏雨晴，山色散窗几。石上聞鳥鳴，林端見雲起。平生事外心，即此胡不喜。少暇同飲泉，幽期自今始。

次韻王季鴻游九日山

季鴻王君携友游九日山，過姜相墓，感秦隱君能爲卜葬，事不暴於世，弔以詩。余未識其人，愛其詩，亦次其韻。

有客車馬同，新秋在雲巘。幽尋意方愜，周覽涕欲泫。碧草滿地生，白石抱空轉。日下有丞相墓，奈此牛羊踐。隱君昔深遯，芳木足幽搴。維時諒多艱，此地憩重趼。有懷長聃書盡，歲暮越山遠。初月聞嘯歌，歸雲同息偃。鶴足喜松高，魚心畏池淺。有懷莫與同，尚古一何緬。姜公寔英材，[三]悟主片言善。位及台鼎崇，職當諫垣選。骨鯁乃左遷，時運蓋多舛。澹泊兩相求，綢繆永云展。吁嗟日南英，梁棟先摧翦。微爾收白骨，當時委蒼蘚。逸事傳海陬，史氏闕光顯。千載有若人，游歌始相勉。往古凛高蹤，來今戒駑蹇。友道日以婾，殷憂何繇遣。

送友人行

雲林滿寒色，送子行江皋。離魂黯將别，薄暮猶風濤。萬里方首路，一心慎所操。居恒苦局促，出豈圖游敖。摘珠水何深，采玉山未高。輝光有後得，辛苦無前逃。相知在伊昔，散帙共明膏。積齡蓄奇志，識察非兒曹。遠道子獨往，中心我誠勞。端居盡白日，柴門翳蓬蒿。思存不在目，還往空如毛。衣巾有新雪，殷勤念同袍。惠聲因歸翼，歲晏舒鬱陶。

次韻王觀明冬日感懷

幽抱恒弗舒，徂年矧當急。方兹感朝寒，忽復悲日入。晏温豈無時，霜霰竟來集。念之悟浮生，俛仰二毛及。翕翕耻立趨，終然就孤立。懷我同心人，蘭章無廢緝。高卧思雲林，世紛苦維縶。發軔方自兹，多岐亦屢泣。【三】窮居守簞瓢，適遠困簦笈。已矣各勉旃，龍蛇有時蟄。

和詹生飲酒（二篇）

百慮中已灰，何獨未忘酒。君言酒可念，飲此益我壽。渾然一真性，毫僞寧復有。醉中意尤長，家人視諸友。

詹子真國士，博學乃多能。堂室有廉隅，後來復誰升。張生獨高義，古學已川增發。日沽酒家保，來問作詩朋。相知久逾密，餘子方背憎。獨醒有不免，熟醉良可憑。一言事剛制，群狐聽春冰。

和再飲酒（二首）

余既和詹生飲酒詩數日，生載歌詩，不謂余和而心欲余和之。余知生久，重違生意，乃強和生云：

澆醨世已甚，之子但醇醇。雠書南郭下，獨抱希世珍。所願非聲利，有懷在清真。日夕故人至，持觴時茹新。

斷飲果何謂，開飲詎云宜。淵然一方寸，忻厭其滑之。【四】伊人固殊俗，於道有天資。已忘忻與厭，酒至無固辭。

南野

張耆居有樓，瞰城南之野，因自號曰南野。

高樓對青山，美人在南城。不知市塵中，白日車馬聲。人樓兩相高，上與雲月併。手持古書坐，澹澹香煙生。豈必逃林莽，猨鶴迺可盟。彼哉宅幽昧，何得居高明。薰風襲太和，天池挹至清。歸休廣莫地，優游觀八紘。兹懷復誰識，時以野自名。

古意（八首）

美人如瓊英，被服閒以嘉。獨居芳年晏，媒氏絶行車。當户理清瑟，曲終復咨嗟。山有蘭蕙草，水有夫容華。盈盈絶代色，日夕念無家。

朔風生夜寒，孤妾羅帷間。晨興開粧閣，流淚復潺湲。流光損華色，佳人滿邯鄲。娟娟有新悦，君子不思還。願君異明鏡，照心毋照顏。

良人出不歸，孤妾在中閨。夢中或從行，覺來但空棲。驩燕一乖闊，顏色日慘悽。愁將清鏡照，獨掩春粧啼。方聞鶗鴂語，日夜鳴莎鷄。恐君盛年去，妾身賤如泥。中心冀君亮，終始願不携。

月出照我牖，獨聞林鳥鳴。機中織文錦，殷憂竟何成。持此悦誰目，良人千里征。別離今幾日，碧草生閑庭。何當一來歸，泣涕言斯情。

亭亭雲中鶴，自昔爲儔侶。儔人寄之書，飛來不吾與。我欲凌青霞，頗知塵世苦。杳杳莫嗣音，三山在何許。

大星何落落，小星亦離離。須臾素月出，群景遥相暉。念我嘉友朋，携手同所歸。盱矣道路長，悵然不可期。

山阿有香草，采采不盈掬。【五】願言遺同心，日夕行空谷。遠道阻關河，懷人在心目。芳菲幸未闌，聊以身佩服。

白雲空中起，一雨群物滋。浮生在世間，徒費食與衣。古人雖已死，清輝照無期。豈復同碌碌，寂莫黄泉歸。

去草

歲暮孰華余，幽蘭植前庭。何彼蕭與蒿，亦復長青青。紛羅奪幽色，荒穢蔽紫莖。拔去在今日，寢食心始寧。蒿也非爾惡，所懼亂芬馨。

答詹先問吾弟疾

青春紫荆花，奈此天風寒。兼旬在床蓐，零淚紛潺潺。我生寡昆友，寔恐骨肉殘。【六】陰陽一爲寇，有甚探囊丸。欻來驅瘧句，展玩臨風欄。上期勿藥喜，下言吹篪歡。感激故人意，欲報空長歎。

山行

幽齋倦孤坐，高步入清旭。雲散碧天空，雨餘山生緑。野草春已芳，水禽晴更浴。寂莫有所思，倚遍西巖曲。

平窗池水

白石圍方池，碧泉湛清冷。幽人窗下坐，蕭蕭讀書影。時復一洗心，對此萬慮静。此心净如月，獨照一泓水。終歲湛不摇，晶晶絶塵滓。孰謂但清空，嘉魚從中起。

重尋歐陽書室簡信道同游

佳游念兹山，何心計脩阻。一來感奇逢，再至欣夙睹。蕭蕭讀書巖，高風凛終古。雜木荒女蘿，遺踪記環堵。當時想禽魚，英姿識龍虎。而我後千齡，披榛悼前武。磴道方涉雲，松林忽聞雨。悠然遂忘歸，【七】遠意入平楚。既尋石上室，復息林下宇。長飇凉衣巾，薄暮多笑語。鄉來同苦辛，殷勤問游侣。

臺上晚凉未去

高臺日將暮，風凉未歸客。長歌林木秋，微靄山光寂。素友適心期，幽賞忘物役。殷勤松間月，〔八〕照我歸途白。

白夫渠

夫渠生遠陂，采采升中堂。污泥失故迹，清風來新香。一薰塵念遠，三嗅煩襟凉。芳菲日以暮，顧眄何繇長。亭亭白玉質，玩之不可忘。

秋雨

林廬白日晦，門掩清秋雨。端居無與娱，孤抱亦良苦。開卷一慰心，同人在千古。

病聞錢將軍過訪不果因其聽雨詩用韻謝

始聞顧蓬蓽，旋覺回高軒。屬余方卧疾，傳呼無乃喧。愛人諒以德，所懼傷形魂。念兹感深意，藥火聊自焞。今春款東閤，顔色何温温。經時不相見，秋雨滿池盆。伊人亦冲澹，微燈坐黄昏。病身有羽翼，一笑及晴暾。

送同袍

楚人不愛寶，白璧埋空山。賈胡得明珠，置之骨肉間。富貧誠自取，愚智不同年。送方今江湖上，龍門盡開關。百寶浩如海，虚往蕲實還。居諸易云邁，少壯不可閑。送子即長路，而我胡爲然。相期匪一朝，顧影深自憐。曾飆發中野，返景明飛翰。留連豈不好，局促非所安。驅車日以遠，滿目新山川。他鄉有明月，夜夜照子寒。行止各異趣，夢寐空盤旋。歸來儻及早，共采桑上蓮。

題遠緑亭

金華閒上人作亭，封山絶頂，因高而望，群山皆來。余以「遠緑」名其亭而題其上，名取諸唐高僧貫休詩語。

新亭始云搆，蓁木已森森。城郭萬井喧，翛然此中林。主人愛嘉客，而我來清唫。朝陽麗初齊，開户羅數岑。千里出毫秒，雙明洞高深。嵐將宿雨滴，翠與浮雲沉。眉濃有新黛，髮沐及未簪。宛轉呈姿媚，頃刻移晴陰。真觀落塵色，爽氣開靈襟。蒼煙起華薄，迴見歸飛禽。維兹古皇宅，鄂公舊鋪金。奇蹤諒神閟，煥發方自今。亭亭金華翁，名迹詎足侵。翠屏澹相對，永日坐鳴琴。青青亘終古，可比静者心。

銅爵臺

高臺一曲歌，西陵木將落。蕭瑟繐帷寒，秋風凄女樂。魂魄不復來，觴豆但如昨。

奈此白日何，朝朝照銅爵。

次韻詹生謝許氏兄弟餽訪

許生和詹生春雨寒歌，且餽之油，因弟訪詹致焉。適出，尋有詩謝，余以其相與敦友道甚古，可尚，次韻。

端居念易盈，獨往情自適。寧知高齋閑，白日來清客。相望竟參商，不得同几席。緬然懷伊人，貞姿敵金錫。伊人不可見，百憂寄新章。未遑軒車去，豈謂道里長。眷彼鴻鴈序，冥冥道彌光。羲曲寒士歌，【九】重我孤憤腸。斯文久陵遲，一縷存已僅。高明掩羲娥，小智曜螢燐。懷哉大雅姿，釋此末俗怯。【一〇】竊恐遂白頭，寸心坐灰燼。蘭膏侈新睨，高義莫與倫。清光六籍間，悠悠自相親。兹焉一呴沫，奈爾俱潛鱗。願言同出處，往矣天池濱。勢利衆所趨，友道日蕪穢。勞心思古人，努力在吾輩。相看黄髮期，共攬青霞佩。惟應秉素節，歲寒見貞脆。

送同邑長高昌公北上

天朝一四海，荒徼猶近鄰。維同去萬里，監邑余有臣。猗歟高昌公，三年此爲春。絃歌響千室，井里安四民。一邑之風化，豈不關厥身。講學必四代，游心在成均。遇士或俊秀，揖讓同薦紳。時聞有折獄，語及六經醇。往者食險徒，舟車斷通津。自公一爲政，幡然變頑嚚。即此見治效，豚魚孚有仁。報政及茲日，星言駕駪駪。卧轍似無路，頌聲起連旬。曰公寔王佐，民社蹔以親。故家重華閥，清選皆天倫。行應昭代須，大惠周下人。

題脱將軍明寬堂

一堂有向隅，賓客顔如灰。所以爲天下，勿俾異樂哀。不有明與寬，安得衆所諧。明則見人瘼，寬則可遠懷。八紘亦云廣，何物非春臺。脱侯寔知國，匪直扞城材。愛國如愛家，矢石冒不回。身居萬夫上，甘苦下與偕。時因凱歸暇，白日東第開。中堂燕朋酒，髦儁千里來。海邦一静治，折衝在尊罍。擁旄寄方面，餘地或恢恢。維侯翊王室，將星炯三台。具瞻方自兹，曷不崇勳階。

僧兵歎

饑民聚爲盜，鄰警來我疆。有兵既四出，頭會家人良。趣赴義軍選，萬室日夜忙。吏言僧寔多，亦可就戎行。牧守爲所悮，敺僧若敺羊。持兵衣短袂，一時俱反常。伊余生不辰，逢此祇涕滂。慈悲以爲教，王臣所金湯。復之勿徭賦，甲令明有章。胡爲不爾念，而此出倉皇。軍旅託末學，佳兵云不祥。永言媿二子，歸哉慎行藏。

哀惠廓上人

甲午冬，聞惠廓上人死象運山中，竟不知其何如死，其死何時。死之信不且不可知也。明年冬，乃得問故於其徒惟質。質能言其死狀。廓初辟亂山谷間，久之，以侍親歸，尋往奔其姑喪，至則爲人所殺，寔去歲十一月十一日也。在吾門者，如廓不多見，而死非命，天其謂何。始吾欲哭，不得其故，不敢哭焉，今哭之矣。既哭，爲詩哀之。

喪亂孰爲之，哀哉自蒼旻。蒼旻覆下土，胡乃不我仁。此邦失綏馭，干戈起齊民。一州環七邑，何人匪王臣。官軍久不出，所至多陷淪。之子在溪上，奔竄如驚麏。負母入巖谷，承顏無賤貧。辛苦復來歸，亦曰問嚴親。流離不忘孝，如此端可人。老姑實父黨，赴救寧無因。奈何嬰奇禍，清血遂灑塵。虎口諒不免，龍淵宜自珍。物情固多變，前知詎能神。悲風東南來，死生苦難真。欲哭殊不敢，涉歲今已旬。因人一問故，始識遘此屯。銜冤即長夜，萬古嗟無晨。松柏信爲材，刀鋸終與鄰。【二】茨棘一無用，成蔭彌冬春。爲子獨永歎，榮枯竟誰陳。

校勘記：

【一】疲勩亦已祛　「祛」，庫本作「袪」。

【二】姜公寔英材　「寔」，庫本作「實」。
【三】多岐亦屢泣　「岐」，庫本作「歧」。
【四】忻厭其滑之　「其」，庫本作「共」。
【五】采采不盈掬　「盈」，庫本作「可」。
【六】寔恐骨肉殘　「寔」，庫本作「實」。
【七】悠然遂忘歸　「悠然」，庫本作「悠悠」。
【八】殷勤松間月　「間」，底本作「閒」，據庫本改。
【九】羲曲寒士歌　「羲曲」，庫本作「吁嗟」。
【一〇】釋此末俗怯　「怯」，庫本作「慲」。
【一一】刀鋸終與鄰　「與」，底本作「舁」，據庫本改。

夢觀集卷五

元温陵釋大圭著

古詩七言

哀阮信道詩并序

余欲作哀阮信道詩久矣，竟不復能作。而仲昭蒲君乃能作詩哀之，且言其母老子幼而喪，在殯者四年于兹，是可哀者。夫以阮之材，枉於時而窮，窮且死，死不能葬，而其母子又如君所言者，雖行道之人亦哀之，況同志乎？然余以爲徒哀之無益，必使其存殁有所濟可也。今君以其哀之者示諸人，人使入其言，阮其得所濟矣，則是哀豈無益哉？余遂亦作哀阮詩次君韻。

少微星墮南天寒，先生何之魂魄單。平生窮塗已屢哭，身後淺土誰當看。青天夢夢訴無處，人間顛倒施冠屨。彫蟲塌屋亦偶然，屠龍海國還歸去。斯人已遠令人思，嚮來相識驚暮遲。取泉雨後茗同煮，對竹雲深詩旋爲。百年未半成朝露，地下秖今能怨慕。孤兒拜客不勝衣，老母啼看嘔心句。眼前寂莫安足論，貞曜名香看刻文。仁人義士萬金產，得不爲爾摧心魂。

和詹生春雨寒歌

十日春，九日雨，空屋貯寒寒色苦。曉雪都成陌上泥，暮雲不見城東樹。所思今何處，相去纔幾許。獨將寸心寄短琴，琴老無絃暗塵土。東風吹落錦一幅，文章字字成金玉。中有苦寒詞，調古聲更悲。賡歌我不忍，上訴蒼蒼知。俗眼瞳人久生脂，競收瑣尾遺瑰奇。野禽乘軒士徒步，黄土被繡人無衣。天公有意回春燠，千林一夜生紅綠。長年呻唫卧掩門，人生不解同草木。君勿歌春雨寒，我有兩耳，愁心百盤。爐空葉已灰，屋漏苔生椽，簷聲夜夜春水懸。人間惟我與子同此味。鬢髮未白書如山，春雨寒歌一闋，窮達在天愁不得。當時短衣夜半悲飯牛，何如學取商頌聲金石。

出無車

出門便有路，路與天長盡何處？今日出門去不去，去時喫苦不得住。繭生脚背汗雨流，草鞋穿破脚不羞。大砂小刺踏入肉，疼痛連心眉總蹙。前村落日孤起煙，【二】客子苦饑還問宿。歸來資用無一存，大悔三月不出門。白面年少命運好，連鑣結駟隘衢道，肯信無車一生老。

寶公新堂歌

寶公之堂天下奇，十日不到思見之。暗泉流來不知處，盡作寶公堂下池。朝朝坐客笑譚裏，黃金鯽魚三百尾。風波不動人影閑，一片青天在寒水。丹梯百尺新樓開，六月面面清風來。青山有眼愛人好，隔雲飛舞相徘徊。【二】從來山水心所向，池上高歌復樓上。我亦結茅歸作堂，歲晚置身山水鄉。

賀太守雨

金烏翅熱碧海紅，天南旱火蒸蟲蟲。眼前枯槁百物同，穀價騰湧田苗空。【三】清源太守清河公，愛民一念天與通。黎明乞水龍王宮，桑蓮華開瞻大雄。神物效職毫光中，奔走屏翳驅豐隆。瓢翻甘霆來蒼穹，餘波近遠流無窮。歡謠載路歌年豐，再拜民牧真吾翁。下車三月恩已蒙，三年惠我期有終。世家閥閱開國功，歸朝緩駕無忩忩。紫雲席蔭群衲藁，作詩擬待觀民風。八荒霖雨功益崇，脩名萬古齊華嵩。

日者劉（代）

更生之孫清而腴，淵源千載天禄書。放懷自託日者學，蕭然野服來通都。支干生勝一出口，誰從清鏡逃妍醜。達官連騎塞里閭，市人懷糈争奔走。列星布置胸中天，下簾一笑收百錢。淫巫瞽史語神怪，獨談性命非同年。譊譊終朝勞頰舌，旁人爲君長歎息。黄金臺上方急賢，白首天南尚爲客。坦然坦然地行僊，有暇與我相聯翩。春風桐江呼酒船，興酣夢入三神山。下觀塵世磨蟻旋，歸來門前客如雨。窮通身外初忘言。

壽母歌

詹先貧，能養親，聲聞閭閭。【四】其親高年康強，今八十矣，鄉之士榮其有壽母也，咸歌之。余與之方外友，亦歌以爲子母慶。

清源西郭先生廬，先生食貧身校書。【五】先生有母年八十，綵衣白日來庭除。天朝旰食求秀孝，人偕計吏趨公車。堂堂此士固殊衆，浮湛不去將何如。白頭偏親要菽水，青雲有路遲吹嘘。堯天自樂足甘旨，安仁時賦行版輿。【六】吾知忠臣出孝子，有道不獨鳴州閭。金花鸞誥指日至，丹楓雨露無時疏。先生先生勉終初，功名一笑真緒餘。高堂蚤夜承起居，病起加餐厭寒葅。來兹逾八還望九，盤中好致春江魚。

夜聞水車

旱火秋蒸土山熱，新苗立死田寸裂。西風何處送鳴鳴，【七】一夜水車啼不歇。水車身作水中龍，赤脚蹋龍憐老翁。白水田頭月未落，千畦萬畦雲雨同。流蘇醉卧誰家子，有耳不聞汝啼苦。水龍水龍汝勿苦，及物無功得如汝。

次韻王觀明爛柯引

汝誠王君觀棋有得，遂舍所玩作歌以見志，余喜而次韻和之。

入關争先取秦鹿，逡巡失路行孤竹。相持堅壁久未出，脱兔無人追逸足。兩豪角立成敵國，一决雌雄看終局。西探虎穴歸不歸，先聲萬里天南飛。機行九地布重圍，的盧一躍先逝騅。眼中鷺起長江曉，群烏飛去斜陽了。王家瓜葛英儁郎，【八】晚悟名教真樂鄉。文楸忍涴春汗香，人間日短僊日長。濕螢入囊當寒雪，清光不盡書朧月。【九】

南山食笋

蒼龍起蟄破玄壤，昂昂勢欲干雲上。一夜風雷無處尋，君家玉盤薦蕭爽。詩豪搜攪冰雪腸，倏忽驪珠光在掌。渭川無謝千户封，金鉉空聞太牢饗。主人主人好培養，籬下龍孫看新長。他時拄杖來叩門，萬玉排簷戛清響。

次韻陳隲民惜春

金尊瀉酒胡琴語，白日長看華在樹。東方一夜來戲人，老紅飛盡江南雨。勸君莫苦愛流芳，紅顏百歲終黄土。山人眼底不見春，古檜陰陰翠虬舞。

築城曲

築城築城胡爲哉，使君日夜憂賊來。賊來猶隔三百里，長驅南下無一跬。吏胥督役星火催，萬杵哀哀亘雲起。賊來不來城且成，城下人語連哭聲。官言有錢雇汝築，錢出自我無聊生。收取人心養民力，萬一猶能當盜賊。不然共守城者誰，解體一朝救何得。吾聞金湯生戫樞，爲國不在城有無。君不見泉州閉門不納宋天子，當時有城乃如此。

僧兵守城行

驅僧爲兵守城郭，不知此謀誰所作。但言官以爲盜防，盜在深山嘯蓁薄。朝朝上城候點兵，群操長竿立槍槊。相看摩頭一驚笑，竹作兜鍪殊不惡。平生獨抱我家法，不殺爲律以自縛。那知今日墮卒伍，使守使攻受官約。謂僧非僧兵非兵，未聞官以兵爲譃。一臨倉卒將如何，盜不來時猶綽綽。敵人日夜徂我城，示以假兵無乃弱。我官自有兵與民，願放諸僧卧雲壑。

校勘記：

【一】前村落日孤起煙　「起孤煙」，庫本作「孤起煙」，據庫本改。

【二】隔雲飛舞相徘徊　「徘徊」，底本作「猅狪」，據文義改。

【三】穀價騰湧田苗空　「穀」，庫本作「穀」。

【四】聲聞間間　底本作「聲間間間」，據庫本改。

【五】先生食貧身校書　「校」，底本作「枝」，據庫本改。

【六】安仁時賦行版輿　「版」，底本作「扳」，據庫本改。

【七】西風何處送嗚嗚　「嗚嗚」，底本作「嗚嗚」，據庫本改。

【八】王家瓜葛英儁郎　「儁」，古同「俊」。

【九】清光不盡書朧月　「書朧月」，庫本作「膧朧月」。

夢觀集卷六

元温陵釋大圭著

律詩五言

重五日弔古

楚國大夫去，彭咸從所居。秖今浮水馬，何處問江魚。異俗悲遺事，離騷讀舊書。一觴川上酒，斜日雨疏疏。

世故

世故占星變，吾生共月孤。此時無夢寐，長恐涉艱虞。山色宜茅屋，松花落飯盂。素心將獨往，及早謝人徒。

萬國

萬國銷兵器，天戈落彗星。苗民思帝力，干羽舞王庭。大漠秋無戰，窮閻夜不扃。屢聞寛大詔，風浪静南溟。

左公督捕歸

南來持斧使，騎氣滿丹霞。貔虎收寒幕，豺狼失暮沙。清風開瘴癘，裔壤挹光華。

翼翼勳勞大，桓圭立帝家。

寇平酬諸友相問

鄰州傳警急，病客慰親歸。海上初聞信，天南已解圍。弄兵民亦細，臨陣將能飛。
好在諸君子，吾生幸有依。

雲樹

陳王成霸業，故國獨斯臺。寂莫千年恨，傳呼五馬來。秋風樟樹老，殘照石碑頹。
舊事今誰説，天晴海色開。

送宏上人寧親

新知得之子，歸夢忽丹霞。一棹清江曲，相看白日斜。庭闈多壽色，甘旨及秋瓜。賴有諸兄在，重依古佛家。

道邊古井

壞甃没荒草，寒泉如許深。何年有此井，過客歎無禽。素綆斷新汲，青松落晚陰。極憐抱清洌，照影獨沉吟。

壯歲

壯歲不自食，有懷成著書。從來生計拙，天意果何如。樹近秋聲蚤，苔深轍迹疏。

知音人豈少，顧已媿空虛。

對梅思遠

梅華開滿樹，誰與共襟期。有客猶千里，無人寄一枝。江南天欲雪，歲晚子何之。
愁殺黃昏月，孤唫立水湄。

病不能寐作

長身一病後，生意苦無多。相對孤燈在，不眠清夜過。向來殊可笑，後日竟如何。
默定行藏計，餘生委薜蘿。
窗曙來禽語，庭寒獨樹青。物華猶婉娩，吾道已伶俜。白日荒人事，殘年對佛經。
古來豪傑者，多少老沉冥。

正月游片瓦巖道人留竟日適興成詩

片石成巖屋，高扉寂莫濱。雪晴來野客，春早見幽人。煙火寒山近，盤蔬午甑新。留連愛林麓，城郭有囂塵。

送義講師北上

清凉餘韻在，敷唱得斯人。白日天花雨，玄譚麈尾春。鄉書稀到蜀，蠻語漸通閩。去去金臺上，經筵寵渥新。

黄仁山晚詩

閱代衣冠古，黄公孰與儕。時清成大隱，頭白尚長齋。天意來多福，人生竟有涯。

相從悲劍化，鷄嶺暮雲薶。

酬王生留別

相對譚玄久，依依別古皇。夕陽幽寺好，人事蚕春忙。門掩香仍在，山空草自長。興來雲榻近，杖屨更何方。

送齊上人之浙

相從久寂莫，此別竟何如。暮雨勞行李，秋燈憶讀書。枕清吴地狖，舟亂淛河魚。適遠多幽思，吾生媿獨居。

何生

南國有君子，陰陽家者流。下簾白日晏，沽酒玉林秋。欲去問八字，知余老一丘。譚天對豪傑，躡屩入神州。

客中簡知己者

天意妨吾道，生涯滯客鄉。風高林影亂，山近雨聲長。慷慨君相識，飄零我自傷。山中半間在，屋債倩誰償。

顧熊父輓詞二首

故國咸淳老，餘生濟世心。藥能全萬命，家自致千金。杯酒清譚足，華堂戲綵深。

一朝成古昔，埋玉上鄉岑。

　賣藥全高節，勤家有令妻。相從就窀穸，不自試刀圭。後福延苗裔，平生絶町畦。

江侯五色筆，空復照黄泥。

輓黄郎

　堂堂江夏士，意氣復誰如。一笑囷傾粟，長歌客有魚。高名傳異域，晚節在吾廬。

舊接清歡極，秋風祖輤車。

善叔死母哭之哀

　藉甚吾宗彦，天乎不永年。高堂生白髮，老淚到黄泉。烏鳥無歸日，松林有暝煙。

一生辛苦志，身後幾人憐。

陳南山輓詩

元龍湖海士，老大閲艱難。子舍傳家政，【二】僧齋話歲寒。長歸新宅兆，不見古衣冠。尚想平生事，臨風獨永歎。

次韻相待山行

山北尋雲去，城南覓伴來。相期曾宿昔，一笑出塵埃。市酒逢人勸，春陰近午開。深知凝望久，携手躡崔嵬。

曹吉

君今浮舶去，因識遠游心。衣食天涯得，艱難客裹禁。春帆連海市，暮鼓起香林。

一笑歸來好，高堂壽百金。

送遠

秋色連平海，悠悠送遠心。征人辭夕照，孤客倚寒林。北去舟多雪，西游橐有金。
何當一迴首，舊隱白雲深。

贈徐山人別

相看初下榻，餘子漫如林。人物南州士，梅花歲晚心。政須同煮茗，何事即分襟。
後日千峰裏，無從聽鼓琴。

過必上人

君居高樹下，六月得清風。世事不復問，心期誰與同。日長泉自汲，鄰曲逕纔通。愛我重留話，深秋月滿空。

陶生

陶生真我友，生恨不同今。清節照當世，黄花知此心。衣冠思典午，詩酒寄東林。寂莫將千載，無人歸去唫。

啫許生

幽明分伉儷，期月廢游歌。疇昔期偕老，于今奈若何。春魂來夢寐，秋序感蹉跎。

一擊莊生缶，憂端未覺多。

蘇氏

嫠居三十載，將母育孤兒。之子有如此，他人誰過之。素塵生曉鏡，凉月入秋帷。
貞節磨千古，茫茫獨爾思。

黄山長内子輓詩

閥閲鍾醇懿，來嬪江夏黄。同心空自結，異路竟相望。環珮歸何處，銘旌帶夕陽。
十年今得葬，無憾即玄堂。

和孫公子游南山

帝里歸來日，胸懷尚昔年。人材今可數，公子獨無前。大旆光南寺，清唫到暝煙。
功名方鼎鼎，未許傍雲眠。

晚過許生遂相携至蔡家新亭

落日淮橋上，因君得勝游。花蹊入流水，林院近清秋。撫景方成玩，題詩更少留。
悠然心迹静，新月照歸休。

次韻星夕

中年親舊遠，寂莫歲時過。有客山南集，開尊月下歌。三更來白露，一水静銀河。

不得同清賞，因詩感慨多。

院檄歸田於我賀主者

使院來新檄，蓮宫復舊田。頓除經歲患，應爲主人賢。合浦收膏壤，同袍仰食天。汶陽歸魯後，麟筆動千年。

雲上人

上人善醫，且相以游四方，余固知其寓於技者也，因贈之言。

藻鑑高雙眼，刀圭活萬人。多材能濟世，行橐自生春。談笑諸侯客，鉼盂釋氏身。識真今已少，誰信混光塵。

送嘉惠師禱雨歸

郡以旱，致嘉惠師禱雨，未足沃，村民告以師歸，禳癘聽之。偃松諸上人作送歸詩，亦謂余作。

幢蓋來嘉惠，湯年待捄焚。衣冠趨梵刹，風雨起爐薰。井有迴泉脉，田無補地文。尚何懷故里，遠近一慈雲。

訪東寺不在

東郭尋幽事，高人適出游。不成相問訊，欲去復淹留。湖近荷香入，亭空樹影浮。更須乘月夜，行徧竹林秋。

送知藏者歸山

君探龍藏徧，猶有去來心。久客流年易，故山歸夢深。林泉成獨往，風月廢同吟。
別後多春哢，嚶嚶聽好音。

晚涼知許生獨在小樓寄贈

落日見山色，小樓初罷書。晚涼成獨立，幽興在高居。皓月僧鍾遠，微雲鶴樹疏。
極憐登眺好，詩律近何如。

簡魏文憲（二首）

南國徵兵賦，中軍重掾曹。塞氛方不靖，王事敢云勞。匹馬秋風晚，朋尊海月高。

澄清天下志，餘事及詩騷。

林居長閉户，無意傍青雲。此客人間少，杯茶松下分。神山誇獨步，連率借多聞。歲晚來同社，匡時早策勛。

送奇上人迎師櫬京師

訃告南天晚，趨奔朔雪寒。帝鄉非故土，人物已新萇。【三】哭位顔如對，歸喪魄亦安。師門諸子在，生死一心難。

孫母顔氏輓詞（二首）

五鼎侯家食，伊人獨飯蔬。磬聲諸佛近，經卷一燈初。南野空陳迹，西方有浄居。長歸袛遺蜕，萬古閟幽墟。

當時裨内治，懿德玉無瑕。夙夜憂宗祀，勤勞在主家。新阡成馬鬣，舊社有蓮花。

萬里資成使，【三】哀哀哭海涯。

潁川安人輓詞二首【四】

事嫂猶姑氏，從夫若大賓。多儀皆婦道，百歲但情親。雲暗魚軒遠，天寒馬鬣新。歸尋泉下女，曾憶鼓盆人。

潁水成東逝，僊山正夕佳。得男非我腹，有後慰中懷。大易家人饋，周詩季女齊。傷心無復見，丹旐已天涯。

送詹海漚游清谿【五】

谿水如藍緑，幽人一葉舟。夕陽成獨酌，山色在中流。清興今誰及，長吟不自休。歸來期掃榻，相對話良游。

贈孟伯真憲郎別因謝墨竹

養親須薄禄，作吏本無心。霜雪知清節，乾坤付漫吟。舊游南國滿，新夢北堂深。老我雲林下，憑誰豁素襟。

墻陰數蓺玉，筆底有清風。留贈非無意，相期逈與同。歲寒猶特立，心事一玲瓏。何以酬知己，猗猗在眼中。

題五峰巖

一尋五峰老，孤塔在雲端。【六】鐵樹已古色，【七】石房空晝寒。風流無後輩，山水入多盤。見説潛公隱，天華雨滿壇。

東濟上作

大江日東去，吾道竟悠悠。一世幾同志，百年空白頭。青山猶入俗，皓月不隨流。
安得長風便，孤舟萬里浮。

唁基道人喪弟

只謂百年內，脊令相近飛。急難長在眼，風雨一同歸。死別驚心早，情親舉世稀。
斷雲秋日暮，念爾獨何依。

次韻詹生懷陳衆中阮信道

舊游陳與阮，[八]不見獨成吟。無復此聯璧，爲誰重鼓琴。朔方文字老，南國酒杯深。今日風流遠，令人恨滿襟。

南國

南國地皆赤，吾生亦有窮。豐年何日是，菜色萬人同。海上舟頻入，民間楮已空。猶聞穀價湧，開糴若爲功。

餽饟

餽饟資邊閫，南軍萬竈寒。斷糧今累月，爲變豈無端。夜戍留文吏，秋兵劫武官。到頭就誅戮，餓死固應難。

桑城

桑城連盜賊，國楮斷新頒。只少材充製，非關上有慳。人情無用舊，世事漸成艱。
陛下明如日，更張一鑄山。

有懷

不知經此亂，猶及見吾親。歸去嗟無路，淹留媿有身。孤城閉白日，四野起黄塵。
我里今何似，區區欲問人。

哀鄭亢宗

每侍尊公側，顔開白玉温。相期成遠器，何事作歸魂。舐犢能無淚，瞻烏尚有恩。

蒼天不可問，端遺幾人存。

病甚廓上人能來

臥病百餘日，擁衾山雨寒。世人不我愛，之子獨相看。市藥能盈裹，春蔬得滿盤。
一聞此問訊，吾道媿艱難。

亂餘饑又甚，雲散我廬空。時運方如此，人心莫與同。病身須一壑，天下付諸公。
爲報平生友，途今處處窮。

次韻詹生因所見有感

四門磔群賊，餓者競趨之。顧此果何物，猶能療汝饑。虎今生角翼，民已竭膏脂。
無怪人相食，干戈正此時。

校勘記：

【一】子舍傳家政　「子」，底本作「予」，據庫本改。

【二】人物已新蔌　「蔌」，庫本作「棺」。

【三】萬里資成使　「資成」，庫本作「專城」。

【四】潁川安人輓辭二首　「首」，底本作「章」，據文義改。

【五】送詹海漚游清谿　「游清谿」，底本作「清谿游」，據文義改。

【六】孤塔在雲端　「雲端」，底本作「雲瑞」，據庫本改。

【七】鐵樹已古色　「鐵樹」，底本作「鐵策」，據庫本改。

【八】舊游陳與阮　「與」，底本作「「𠀋」」，據庫本改。

夢觀集卷七

元温陵釋大圭著

律詩七言

獨坐

秋風一來林院深，開户自彈焦尾琴。蘗木寒凉獨鶴白，亂雲高下群山陰。老天有月照閑坐，清夜無人同苦吟。古來窮餓得不朽，我生與世空浮沉。

登雲榭

老屋危臺雨氣昏，石苔不見舊鑱痕。當年霸業旌麾盡，故國秋聲樹木存。度海鴈行驚斷角，近城螢火没荒垣。無人去買長鉼酒，一酹陳王千載魂。

湖上簡閒中

秋近清波荷葉圓，葉陰疏處見青天。偶臨湖坐得佳樹，欲傍花行無小船。林院鶴歸山色外，水亭人去夕陽前。深知碧玉壺中樂，一笑臨風揖地僊。

王丞石泉

白石蘽蘽屋上山，泉聲一道碧雲間。十分如練月同色，萬古不痕天照顔。静夜竹齋知雨意，清秋茶鼎共僧閑。甘寒可濯功名念，公子青袍鬢未斑。

詹生

長材碩德見時清，底事斯文未有靈。天上誰傳子虛賦，日斜猶草太玄經。龍媒在野空思秣，鹿角浮陽競闖萍。顧我孤雲巖壑底，相看一笑眼偏青。

蚤起

山鍾喚我披衣起，浩蕩曉陰猶未開。稍覺柴門稀應接，獨憐幽鳥下莓苔。束書如舊歲年晚，蓁木近秋風雨來。一笑莫思身外事，好將蘭蕙遍庭栽。

輔上人自京師還遂如海上省覲

萬里黃金臺上客，白雲回首故山深。庭闈歲月催華髮，包笠秋風折寸心。百福起居申定省，三年音信問浮沉。不從客路看明月，身在青青桑梓陰。

顧生

材調如君許倔奇，遯身藥市不求知。風流譚笑來東晋，家世淵源接上池。經驗方傳函是玉，活人心在鬢成絲。從今努力行醫國，沉醉休歌白紵辭。

送錢將軍北上

魯國將軍蓋世雄，十年歸卧海門東。舊游臺閣諸公在，當日京師萬馬同。行李忽來人意外，舼稜重入眼明中。聖心政爾思頗牧，待賜臨軒節鉞崇。

送呂生訪所知潮陽

浩水詩名喧嶺海，天南有客力吹噓。夢魂秋盡繞韓木，老氣年來壓鱷魚。風浪扁舟酣笑語，布衣行李半琴書。青雲六翮看高翥，林麓何時共卜居。

哀王德符

深期久屈一時伸，白髮蓬廬竟不春。在抱孤兒方識母，藏書萬卷付何人。繐帷像設空堂暮，蕭寺琴尊異世身。同社相逢俱涕落，百年無復見遺民。

霞山逸人

卜築初成在燕居，紅塵飛不到林廬。開門海月來清夜，隱几松濤滿太虛。酒熱膡招持蟹客，家藏深愛相牛書。城中少識龐公面，遠挹高風謝不如。

病起見必上人去秋所惠詩次韻

閉户春寒燕子前，寥寥孤坐掩殘編。中年心事誰復識，南院故人殊可憐。隔歲相思詩在篋，清秋憶共夜譚禪。交游疏遠身多病，莫笑當時孟浩然。

送孫計總

六轡如琴仕路春，司存計省政方新。聖朝化洽關雎盛，史筆芳聯漢吏循。伯仲塤篪聞上國，衣冠閥閲擅全閩。此時長晝勞籌筭，【二】萬一皇家憶藎臣。

孟上人蘭若

長松短草秋風早，野寺寥寥古意存。老我獨來呼聖佛，傳家猶喜見玄孫。門前日落東湖緑，舍北雲寒古嶽尊。坐愛清游歸未得，多情煮茗薦盤飧。

貧後

貧後故人憐我少，秋來清興爲誰多。獨將好句偏題竹，猶喜新衣一製荷。山曲白雲朝自去，樹頭孤月夜相過。百年已分長冰蘗，眼見風生陸地波。

南山隱者

獨抱胸中五色霓，南山高處樂幽棲。瓦墻護竹凉書牖，砂井分泉潤藥畦。白日杯茶多過客，長年更漏一鳴鷄。此身未得同君隱，回首杉松翠葉齊。

寧海橋

鑿石爲梁歲月悠，山川有待得譚侯。海橋壯觀成三趾，國士勳名出一頭。大浪不驚虹影濕，高車齊度馬聲秋。玉湖湖上通行路，浩蕩餘波萬古流。

示上人客魚石歸詹王二生信宿

天近瑶臺新月明，相思無路去尋盟。三秋海上歸來客，一夜燈前笑語聲。黑髮滿頭含瘴色，清貧到骨有詩情。歲寒尊酒諸公在，預戒春風卜遠行。

南院故人至

不見故人今幾日，滿山風雨落花聲。雲林孤坐度芳歲，杖屨一來開晚晴。剪燭西窗深夜語，卜憐南嶠半生盟。[三]病身已是棲遲久，汗漫相將游太清。

用韻與史眉山别

清嘯神山日未斜，獨騎官馬入桐花。盡驅春意蘇亭户，不遣丹心負帝家。舄鹵八州瞻幕府，風雲萬里接京華。去時得路揚鞭闊，野衲相思自摘茶。

答周詹二先輩過甕天

緬思邃古尚巢居，一室盤蝸不願餘。身外置錐似無地，眼中插架漫多書。梅簷覓句供閒趣，竹榻冥心到物初。賴有儒林炯連璧，相期結社慕匡廬。

定居寄嶠翁

囊空負我買山心，珍重多情許贈金。烏鵲倦飛三匝後，鷦鷯初託一枝深。竹窗斜日猶開卷，松榻新秋自理琴。從此卜居塵事少，高車莫惜過雲林。

過鄭氏新居

芙蓉池上晚涼初，萍葉青青一雨餘。落日無人來洗馬，小亭臨水見游魚。清吟我亦忘歸去，長愛君能此卜居。繞岸近栽新樹好，相期重看緑扶疏。

至北山

何處人間清意多，疏松白石散巖阿。道人汲水煮新茗，念我攀雲到碧蘿。泉谷夕陰留杖屨，林廬秋色入婆娑。野猿聲斷青天外，便欲臨風一浩歌。

吴公輓詞

家聲禮樂古延陵，立政臨民自有經。父老數州争説尹，蠻夷一節舊瞻星。鄞江路接黄泉迥，錦里春回玉樹青。歸與淑人同穴好，老成何處見儀刑。

故人過訪

七尺長身卧故廬，日斜起坐對殘書。幾人歲晚能相問，一榻山中獨久虛。好客新秋來杖屨，小窗暮雨共盤蔬。相看道義有真樂，萬事悠悠總不如。

王中榮新亭

長江東去萬銀濤，遠嶼西來擁六鰲。中有新亭專物色，極憐吾子近風騷。窗開白晝雲根立，露灑清秋碧樹高。見説良宵滿欄月，呼尊留客試新糟。【三】

中秋雨

中秋有月不可逢，杖藜起踏臺前松。天公一收玉兔去，廣寒盡遣玄雲封。歸來閉閣風雨集，憶昔登樓賓客從。百年人事半憂樂，過眼陰晴知幾重。

青松山中次韻基道人

金粟山高曉雪晴，柴門相對有餘清。因逢好景成歸隱，自許閑身樂泰平。白髮已無塵世夢，青松新結歲寒盟。北林有客同岑寂，旋煮谿蔬折足鐺。

廓上人事母疾愈

高堂傳說病逾深，多少關情自不禁。歸去恐無嘗藥日，平生兼有織蒲心。烏衣子弟皆如玉，青笋啼痕欲滿林。一夜秋風蘇鶴髮，笑携杖錫入雲岑。

送王國祥游吴

南州故人獨可憐，輕別閭里何翩翩。斷髮舊聞泰伯國，扁舟初入鴟夷天。雲連茶竈自隨去，月在蘆花相對眠。秖今老我不得往，爲傳清夢到吴塽。

聞世基補漳吏寄贈兼簡靈源上人

捧檄天南一笑春，幾年身作卧雲人。相材自古出胥吏，史傳後來無逸民。清鏡多情猶白髮，青山有路隔紅塵。舊游西寺靈源在，爲報衰年但隱淪。

十年

十年不見鍾鼓食，今歲仍遭饑饉時。只道民間須振貸，【四】誰憐我輩亦疲羸。強持一鉢向何處，自笑空囊尚有詩。早覺無錢助官糴，也應屠販逐群兒。

吾郡

吾郡從來稱佛國，未聞有此食人風。凶年竟遣心術變，末俗何由古昔同。市近秖今真有虎，物靈猶自避生蟲。諸公肉食無充耳，急爲饑民散腐紅。

賊起

賊起南州不出兵，守攻一切付諸僧。便將焚誦爲無益，争奈戰征非所能。佛法自兹看掃地，吾徒誰復辯堅冰。【五】白頭歸就儒冠老，飲水茅簷樂曲肱。

懷惠廓

聞道崎嶇盗賊間，爲親扶侍入深山。竹林罷泣時供饌，萱草忘憂不解顏。亂世幾人能色養，故園何日遂生還。我家亦有高堂在，音信寥寥道險艱。

不得惠舟信

一去梅花嶺上村，可堪群盗起如雲。汝身不識今生死，消息何由遠聽聞。舊隱琴書鎖秋色，孤城關柝急斜曛。四郊此日方多壘，魂夢相尋路不分。

送錢介夫如臨漳別墅【六】

南州鼎沸涕堪流，安得如君海上游。果陷孤城誰獨免，能尋樂土更無愁。秫田釀酒終朝醉，荆木開花一樹留。亦欲奮飛憐老我，丹霞何處強登樓。

輔上人亂後不來

作客桐花苦歲荒，輓衣不住損離腸。能無一甕同薇蕨，秖説故山多稻粱。【七】迴首想應豺斷道，寄書未有鴈成行。時危老我空相憶，況是孤城閉夕陽。

用韻題松雲八景圖

一到城西甘露寺，只今山色似當時。清談客去雲長在，乞食僧還鶴正羸。松柏青青猶古意，茅茨歷歷有新詩。曾知此地多風月，寄語煩囂世上兒。

六言

淮橋上歸別許生

高樹新涼雨意，斷橋落日水聲。中有幽人獨立，白雲一片猶橫。
晚色詩情澹澹，秋陰客影冥冥。回頭試問淮水，何時重到南亭。

無題

樹影半窗明月，蟲聲一夜清秋。我意浩然千古，人間總是閒愁。

校勘記：

【一】此時長晝勞籌筭　「籌」，底本作「鞭」，據庫本改。

【二】卜憐南嶠半生盟　「憐」，庫本作「鄰」。

【三】呼尊留客試新糟　「糟」，底本作「槽」，據庫本改。

【四】只道民間須振貸　「間」，底本作「閒」，據庫本改。

【五】吾徒誰復辯堅冰　「辯」，庫本作「辨」。

【六】送錢介夫如臨漳別墅　「墅」，底本作「野」，據文義改。

【七】秖説故山多稻粱　「粱」，底本作「梁」，據庫本改。

夢觀集卷八

元温陵釋大圭著

絶句五言

必上人所居竹

白日炎氛遠，清陰敷廣庭。歲寒抱高節，霜雪獨青青。

桐下井

曉風吹銀床，蕭蕭古桐樹。時有新汲人，缾携落花去。

龜峰絶頂

危石青入雲，上有千歲木。我來卧其間，天風響巖谷。

石上

久坐大石上，青天行白雲。野意道不得，幽鳥隔林聞。

淩霞觀舊迹

石壁立萬丈，僊人青雲端。不見來笙鶴，落日天風寒。

行松林中雨欲至

石磴下欲盡，松林新徑開。黑雲何處雨，時過帽山來。

雨少止下山

苦愛山色好，獨乘清興來。歸時却惆悵，石逕有莓苔。

雨歸

不向青山宿，青山笑殺人。黄昏獨歸去，衣上雨痕新。

歸至中野

雨色澹微陽，歸情已當急。空野夕凉多，共對青山立。

北郭亭

（闕文）

谿橋上作

（闕文）

期友游東湖不至湖坐

（闕文）

山雨

山雨夜鳴屋，凉秋風滿林。一貧纔到骨，萬事已無心。

亦有

亦有往還者，自嬾與相期。獨坐柴門裏，青山無去時。

見月

天地幾昏曉，浮生半是眠。寄聲世上客，明月爲誰圓。

聞蛩

蛩鳴東壁東，蛩鳴西壁西。老我中間坐，【二】遠近一聞齊。

遲明

山曉欲無色，鷄寒猶有聲。客中魂夢少，風雨隔林生。

校勘記：

【一】老我中間坐　「間」，底本作「閒」，據文義改。

夢觀集卷九

元温陵釋大圭著

絶句七言

漁父

大兒船頭新得魚，小兒船尾炊彫胡。【一】老翁一笑江潮落，西村有酒滿缾沽。

夜起

野人獨卧山中屋，夜半雨聲清夢熟。起來竹下一開門，秋入千峰月如玉。

顧氏亭菊

顧家亭館四時佳，薄暮來過到月斜。徙倚不知秋色冷，赤闌干外有黄花。

德林

我是道林君德林，休論異趣不同心。三株樹下扶疏月，幾日來聽子夜琴。

次韻詹生臘雨不出

憧憧入市蹋泥行，獨有高人息外營。隱几讀書心似水，空齋不斷雨來聲。
愁生懷抱苦無端，歲晏囊空阻一歡。欲折梅花當分歲，黄昏飛雪滿城寒。

呼同游

春山雨後碧如苔，爲問閒人幾個來。不去題詩巖下石，澗花紅白爲誰開。

題龍引子朝天畫

淵龍飛出霧如山，龍子相隨闖九關。遥想雲霄新得路，雨聲一夜到人間。

書雪夜訪戴圖

萬古神交共此心，當時何事下山陰。遥遥一棹言相訪，安道門前雪正深。

山谷草聖

涪翁醉墨動驚蛇，流落人間幾歲華。長恐六丁起雷電，爲龍飛去玉皇家。

赤壁畫

寒山影落大江流，赤壁應難似舊游，風月當年收拾盡，黄州副使一扁舟。

和用平懷南上人三絶句

寒窗貝葉共平生，聽盡燈前片雨聲。今日悲凉只孤坐，殘編上見蠹魚行。

人間友道冷於秋，伐木無聲萬古愁。頭白東峰一遺老，獨尋宿草弔荒丘。

寒雲長閉舊林廬，魂魄歸來日已疏。欲見懷人更無路，空山秋色對禽魚。

看山

青山遠近畫圖間，落日秋風得意看。紫翠重重歸鳥盡，四窗不掩石樓寒。

賣書贐友

故人欲行萬里外，自言囊橐尚空虚。我貧無物堪爲贐，賣却平生一束書。

通財我亦聞諸古，空有平生氣義高。深媿窮途負朋友，極憐富室積金刀。

長門怨

娥眉無緑鏡生寒，忍見銅鋪月又圓。一片君王心似昨，曾將金屋貯嬋娟。

瑶臺曲

冠佩朝天逐伴歸，玉簫聲裏露沾衣。曲終十二樓頭月，萬里青雲一鶴飛。

詰鬻香者

户外聲聲賣紫檀，貧家誰辦買香錢。如何不向朱門喚，沉水煙中人醉眠。

鄭老人

白頭含笑倒長瓢，話到前朝感慨饒。無復吐茵當日夢，海雲樓上對春潮。

聞鶯

竹邊睍睆夢魂驚，啼破春風似有情。花榭柳臺聽得慣，金衣好去九重城。

出山自笑

都將聲利付時人，野鶴孤雲物外身。底事半生雙白足，今朝蹋破一紅塵。

苦旱

春秧黄槁百泉枯，龍骨聲中泣老夫。不恨長饑委溝壑，長官秋至索王租。

王季鴻相邀不去寄謝

閉門藏拙久雲林，俎豆諸賢媿此心。珍重形骸外相見，春風塵壁下桐琴。

懷復初翁

玉立清標不受塵，閉門寒趣自生春。東山興盡歸來後，一樹梅花對病身。
世塗差狹道難行，獨負文章一代名。舊日著書無恙不，人間千載子雲生。
鐵石平生一寸心，如何西望亦沾襟。藜林元氣關公等，不説鍾期莫鑄金。

石筍谿堂

白沙青樹帶人家，門外谿聲一派斜。欲買扁舟同野老，月明吹笛入蘋花。

卧疾懷金粟山人

身不能飛秪自愁，閉門卧病盡高秋。無因去作山人客，長嘯清風十二樓。

示同袍

天南爲客度黃花，一笑歸來共歲華。老我不知身是病，自吹松火熟杯茶。
試論心事一開顔，萬事如今只等閑。病起朝朝相喚去，海城西北盡青山。

病起簡所知

清白堂前客似雲，新詩唫罷倒芳尊。不知尚記龍鍾不，病起雲深獨掩門。
長恐心期愧古人，半生曾未拜車塵。獨憐身世枯蓬草，零落秋風不見春。

池上

綠淨涵空護碧苔，方方一鏡向人開。晚涼獨立心如洗，風破浮萍片月來。

感蠹書魚

臨窗清曉獨長吁，在眼陳編有蠹魚。身世區區文字底，當時魯叟亦捐書。

聞杜宇

情知望帝是前生，春盡江南憶錦城。到處青山山有樹，如何偏起故鄉情。

不宿李氏[二]

坐我高齋笑語新，此時歸思浩然生。不因乘興一來往，爭識孤雲物外情。

有懷

落日孤城想故人，三千客路澌江濆。恨身不解相隨得，目送長風北去雲。

南墅詩（十二首）【三】

晦忠堂

新堂猶揭舊堂名，坐記當年一愴情。萬里虎頭身許國，歸來煙雨課春耕。

菱風桂露之鄉

菱葉風來水氣浮，桂花露濕月明秋。此時身在銀河上，不躡僊槎駕玉虬。

一川平野

雨過群山掃緑埃，無窮野色望中開。漁樵往往斜陽外，只隔前川喚不來。

水木清華

春流遶屋似江湖，緑樹當門作畫圖。白日風波渾不見，一雙漚鳥起投壺。

燕寢凝香

眼冷樽前舞袖紅，日長高枕自清風。功名擾擾平生夢，分付黄雲一穟中。

池塘春草

二儀清氣幾曾衰，前輩風流可得追。康樂後身孫處士，一池春草夢回時。

草堂

杜老高風六百年，茅茨那得尚依然。側身西望人多少，萬里橋頭不盡天。

處士橋

無意趨時愛沉寥，一溪流水斷塵囂。幽人石上看雲坐，車馬來時莫過橋。

山陰溪曲

清谿流繞碧巑岏，便作山陰一樣看。今日戴公何處在，滿船風雪不知寒。

總相宜船

彩鷁不飛連碧波，此中公子醉眠多。傍人剛道相宜好，夢入西湖聞棹歌。

翠香館

萬甕吹香客到稀，青帘故故舞斜暉。主人家有如澠酒，不脱鷫裘得醉歸。

嘯雲臺

高臺直上接青雲，一嘯晴空十里聞。天上神僊平地有，群兒何事醉塵氛。

晨興涉園

繞畦青青蔬葉涼，渠水新添一尺強。倚杖方知山雨過，夜來底事夢魂長。

病起

澹澹心情病始甦，蛛絲風葉小窗虛。【四】秖今嚼蠟人間味，歲晏生涯有束書。

扁舟

蘆荻風生水正肥，老翁含笑坐魚磯。扁舟棹入城中去，白日城中滿是非。

歸來

歸來谿上一茅堂，讀罷陶詩倚石牀。萬事悠悠長嘯裏，閉門風雨麥秋凉。

懷雲橋

我懷别後向誰論，雪曲成時苦憶君。何處有樓三百尺，抱琴長對子山雲。

白鷗

白鷗飛來磯上晴，中有老翁相對清。東風斜日一飛去，獨照白頭江水明。

茅屋

茅屋陰陰水北村，滿牀書卷一桐孫。雨聲長在黄梅樹，四月來時不出門。

徐老人至

久聞兒輩正匆匆，水國歸來一室空。白日有誰來過我，北鄰七十二年翁。

戲成

城郭無心寄一瓢，此身便欲老山椒。山童忽報松華盡，又逐扁舟上蚕潮。

謝檄

謝檄歸來卧白雲，秖今心事與誰論。故人不似蒼苔好，歲晚青青一到門。

寂寞

寂寞荒庭總是秋，菊花開晚尚風流。斜陽病起一相對，底事旁人不解愁。

珠公歸自永陽山中出其山居稿因賦

政爲時危去卜居，不知霜雪滿頭顱。歸來一笑詩成卷，還記桃源路也無。
日日思山不肯歸，年來心事固多違。老禪真有誅茅地，應許孤雲作伴飛。

八筍

我屋清陰未苦濃，天教頭角破苔封。明朝一一青雲上，誰信山中有八龍。

簡郡守

天子臨軒遣老臣，亦憂塗炭遠方民。秖應三載清如水，不涴天南一點塵。

近日清聲不及初，使君心事果何如。盧公只作桃源縣，三載猶同一下車。

哀殍

斗米而今已十千，幾人身在到明年。譙門有粥如甘露，活得操瓢死道邊。

閔農

經年不見大田秋，賣盡犂鉏食養牛。儻有後來耕種日，一時相顧更多愁。

世事

世事紛紛勿重陳，柴門高掩百年身。滿頭白髮不須薙，相識如今復幾人。

病中鄭南村至

病身如鶴寄枯林，浮世無人識此心。不是君來相問訊，四簷風雨入呻吟。

校勘記：

【一】小兒船尾炊彫胡　「船尾」，庫本作「船頭」。

【二】不宿李氏　庫本作「夜宿李氏館」。

【三】南墅詩（十二首）　底本作「南墅十二詩」，據文義改。

【四】蛛絲風葉小窗虛　「窗」，底本作「窻」；庫本作「牕」，均爲「窗」之異體，今皆改爲「窗」。

夢觀集卷十

元温陵釋大圭著【一】

序

紫雲開士傳序

昔孔氏因魯史記脩春秋，以編年合書君臣之事，未有所謂「紀傳」者。迨司馬遷氏始離書天子、諸侯爲紀、爲世家，公卿大夫士爲傳，而後世因之。孔氏之所述作者爲經，而遷則僅列於史，爲書不同，褒貶一也。僧之史有傳，其亦因史氏者乎！夫史所以褒貶，善善惡惡，是是非非，直其筆當天下心，無豪髮絲而已。僧史宜若無褒貶，然凡道眼明、知見正者，戒撿嚴而寂静勝者，智辯閎達而教化廣被于人者書之，至於神異者、高尚者、業讀誦者、住持吾道者、生死去來自在者、六根不爐而設利者，悉書之，是亦褒矣，蓋獨無貶者焉。然彰其善則癉其惡，褒貶之意微而莫即測闕也。

泉州開元寺創于唐，更五季十國而盛，至宋益盛而未合。迄于我元始合而大，其間高僧異人出世，名不滅摩，于玆而僧史未有作者。雖作如許，列輩率得於剽聞，傳屷穿鑿，【三】瑣細犓陋，不覈其實，不語其精，而不著其大。今主者崇會師覽之，慨然以爲六百年異人名氏湮没殆盡，而幸所存者，此不一修之，則後將無聞矣。以屬大圭筆削，云：「盛事，子其無讓。」

洒蒐集録摭碑刻，訪長老遺軼，而序其世，正其年時，考定其姓名，盡去其怪迂卑鄙之説，人爲之傳，合若干卷，目曰「紫雲開士傳」。舊稱高僧，今不稱者何？以一行一藝名于時則爲高，是書多禪者師，道德大備，豈高之一言能蔽之邪？且禪者重嗣法，不重肄業，今以肄業書之十九，世相承其人不可得而變，其可變則變之矣。方今大法不競，人物眇然，前喆已遠，後生誰師，然則修僧史記，爲僧列傳，而謹褒貶之法，將以激隤波，復淳源，使人人勸爲開士，以光我覺皇氏也。至正八年戊子夏四月丙戌，釋大圭序。

忍録序（代）

夫忍，怒之反也。怒則暴，暴則害，害則彼已交病，則不祥孰甚。惟忍之也，則龢和，則樂樂，則物我大同，則爲福莫大忍，其爲福之原乎？是不可以弗力非大賢，以上必勉焉。如顔之一不校，孟之三自反，雖行之深淺優劣不同，而其爲忍一也。顔、孟尚爾，衆人謂何？竊嘗以爲，方逆之來，鬱然其中，艴然其容，於斯時也，奚正厥志，宜莫如忍，猶疾焉投涼劑以去熱也，庸有弗克清夷者乎？愚有志於是有年矣。一日，因從王先生閒中得一編，蓋録經傳子史中言忍者，素所欲爲而未暇爲，而得成書，以道吾志，非敢私之，爰壽諸刻。其同我志者，知其爲福也大，或有取而不遺之也，勉以行之，習以成性，豈直爲顔爲孟而已哉，抑有以過之也。

用平懷南上人詩卷序

山中耆年南上人物故期月，寒趣翁以爲失良友，無以相麗澤，成德業同趨尚者寡，又以人心世道胥下，必鉅人長材扶樹振作之，求南於時，百不一也，不壽期頤，而奪之速，季運從可知已。歌詩三章，反覆詠歎，憂思之情見于外。素還往者聞而和之數十百闋，出以示余，余亦賡載之。且曰，學孔氏者言禮，朋友墓草陳根者不哭，解者謂於友期可，豈非以友義合者？緣情制宜，是足也歟。吾學佛氏者，則不瞬今古，夢死生，相與逍遥乎至道，翺翔乎物初，爲法儔侶，靡斯須違，是友也，何期可？

南公與翁友，其以是道吁南，其古人矣！惟翁巋然叔世光明幢也，春秋日以高，道德日以薌，善類之來，如親如鄰，方歸往之，瞻仰之而不舍，幸見翁之猶南也。彼俗之薄，友道不古，移于功利，安其孤陋，言面誕謾，朝合夕睽，於友朋幽明無間。疇翁之若是，詩當播誦，傳諸人人，與小雅丁丁嚶嚶之聲復作於世而無窮，其裨補世教者不小，又豈私乎學佛氏者之幸爲哉！語既遂筆之，以爲翁序。

哀彬上人頌卷序

蘩林所重者第一坐，果何以乎？以其眼目人天，標表來學，而斯文一髮之所繫也。其在養蒙，如世子之灌頂，出則王邦國，蒙其膏潤者非一人，故靈樹之於韶陽虛位而待者廿載，豈不信然？生而重之，死則蘩林，哀之宜也。文所彬公，湖江倦游，以親老歸，衆推居第一坐，得謝無何，欻告掩光，聞見者咸謂斯文天椓，柏庭友于暴露無庥芘。又其親年九十，失編蒲兒，爲之齎咨於邑。

一日，金華閒上人請於諸友曰：「虛谷師尸大仰日，文所爲司龍藏。後二年，吾纘其緒，忝同門也。已而分飛南北，幸今卜鄰于兹，畟飯過從，夜語燭跋，意此樂當無窮期，孰謂吾友棄我而先！吾甚哀之，弔以伽陀，起坐孤吟，猶獨飲無味，願與諸君共之。」未浹旬，成，牛腰束重以示余，余曰：「文於情生，情於文生，古語也。然薤露、蒿里之歌出於田横之門人，後世因而爲輓章，其初不過發於一時，銜恩思舊，誠不足云。惟韓昌黎爲歐陽詹哀辭，揚其慈孝文學之美，以白當世，以名諸侯，深可尚也。夫詹與韓同進士第，而能惓惓於既往，其見死生相念之不哀乎！今閒以同門友，而有請於諸公，其韓之心歟！第諸公以蘽林第一坐而哀之，或美其孝於母，或譽其力於道，皆是也。其中或笑或謗，或訐而不恕，殆非韓之辭歟！」閒乃局局而言曰：「銜恩於一時者，吾人不爲也。揚美於後世者，吾人亦不爲也。乃所以或褒或貶，訐詈嘯哭不一也。」由是而知蘽林之所重者如彼，而所哀者又如此也。遂録其言于卷首。

同志會序

「居則同，而志不同，可乎？」曰：「不可。」「志則同，而禮則闕，可乎？」亦曰：「不可。」夫不同志而群居，雖日相與處，汎然而合，漫然而離，是則路人也。無以爲禮而合志，雖久相熟，而生無幣帛飲食以燕饗之，死無棺槨衣衾以殯斂之，是非禽則狄也。如之何其可乎？然則何爲而可居，同志而會以禮可也？維我蒙堂位寺之賓位，凡蘽林高明博大之士，必居之，有衆數十人，其非宜居者？蓋亦里於仁而智者焉。

一日，相與言曰：「群居于堂者，其啓其處異位，其出入則同門户，食飲則同井臼，動斯接，嚮斯應。而洽比之好，不講扶持之誼，不舉吉凶慶弔，蔑然無謂也。今講舉之宜莫如禮，創爲之會，曰同志。人出其資爲千者十，合而本之，月有子爲分者二，以供歲時合席之費。其本則與盟者，歲更主之若干人，人一百千，半之。及年之夏，群展慶而食饗之之日，則悉子本授受，其次主之，使無豪髮缺虧也。始則量入以爲出，終則生生無窮以擴充之。不幸有溘先者，則出其子資者四十千爲周身之具，若弔祭之，卑尊以其等。如此則親仁善鄰之道得，而養生送死之制備，而其群居之誼斯至矣。」於是衆志同之，無有以爲不可者。行之。余以是會以禮而聚人，且簡而易從，久而可大者也，故序之。至正六年七月既望，恒白山人序。

千僧名册序

世以黄金白璧、火齊明月爲寶，而智者不寶之，而寶出世寶者三：佛也，法也，僧也。何則？蓋世寳唯資有漏，煩惱黑業，時或失之。出世寳者不然，寳之爲無漏，因歷劫而固在。然僧者，佛法之所寄，寳之一而三得焉。僧爲佛子，誦佛言，行佛行，其之佛道不難而易也，且旦矣。其爲濟，爲導，爲照於迷流嶮塗昏壞也久，其爲利益於世也大，彼世寳者能若是也哉？其爲人寳之也宜矣。或苟衣食其間而行弗力者，而白衣外道與之比方，萬萬且弗及，固以其法真其人隨而重歟！吾佛嘗有薙髮染衣，若持毀戒，天人供彼則爲供我之語，其弗信乎？

城之南有清信女林常雅者，善根乎性德，蘗厥躬平，居以爲吾奉佛者，而佛之子之爲人寳也。吾以障身，莫克致敬，願以私奩之餘而齋人千，已而如所志，有帙載名其上，來求余叙，以勸諸未信。余執帙謂之曰：爾齋僧行施，知施已乎六塵罔泥，三事靡著，若物若人，不見予取，斯浄施也。反是，則垢三生之寃，莫之逭已。然而發心脩輯檀波羅密六度，萬行該攝具備於一念中供養，承事見在千佛圓因尅果，安知龍女獲證南方非爾也邪？與夫人天因果之垢施，誠不可同日語矣。爾其寳是視千佛名經而藏之，使後之人人知所寳而勸之也。林遂請筆之。

晋江鄉會序

世謂鄉田同井，出入相友，守望相助，疾病相扶持，其鄉誼之重也。若是吾出世者，無同井之勞，而同井之誼可無有乎？昔妙喜狥世之宜，肇制鄉會以同其人，蓋欲人因其同以相勖，而趨其所大同者，是尤重於相友助扶持之誼也。佛國紫雲大招提龍鱗所家，而晋江獨甲七邑人庶且有學，以望刹之中大邑之士舉，法故亦宜至大。某年權輿茲會，每歲孟夏，合席團拜，晤語叙歡，日中至昃乃罷。若吉凶慶弔之類，必時毋後焉。其飲食服御之費，實出於諸檀者，與年祇薌燈者，與新沙彌者。所入聚而寄局爲子本之資，迨于今出用有羡而視昔年爲差勝，於是重酌。自今以始，鄉人有物故者，則出一千五百，同社爲之諷經，其嘗祇荷者倍之，屬文致奠必式。其鄉長老者，禮有加而不局斯見用財之有，樽節爲禮之有，隆殺也。噫，同井之誼其若是已乎！蓋亦相與力寸田以秋而得其所同者，又何羡世之鄉田者乎？後之來者勉之，期無媿於昔，無負於今而已矣。繫衆名氏暨出内之數如左。

觀虛空藏菩薩經序

夫無上寶覺如意珠王出生諸佛暨毗尼法，而上知下愚，具有之不無隱見異者以冥之與不也。唯其冥之得無邊身自他利益，此空藏之爲觀也。苟一念清浄，洞平虛空，諸毁禁之垢，犯重之類，奚容於其間哉！然則福生罪滅，而戒復全無缺，宜矣。其欲去生死，即菩提者，不是觀可乎？至於布誠歸禮，三十有五之至人，而又翹想頂珠天冠之象，幸其珠印臂文於定若夢，甚而塗治圊匽勞苦有年而後已者，蓋即行是觀然也。且波離號知律，而佛告之以此聲聞法得棄則無自新之路，不如是，則何以見大哀曠濟之方邪？矧今去聖已遠，大法日微，而人喜犯戒，動畔于正，鮮克悔復，有寶王之珠而不知求徒，顛躓窮露，倀倀乎可念哉！故發之秘藏，置諸心目之表，通廓圓瑩，中演法音，以俾聞見，咸得如意自在者矣。至正己丑冬，温陵釋大圭序。

彌勒觀經後序

越若覺皇以無勝居知足天正儲貳也，後五十六億萬歲有大千之土，以爲法王者，其基于此乎？故放光雨華群聖咸會，而後詔之，又爲後世慮以外内，果若觀播告大衆，使有依歸之所。然則是經爲成佛之寶册，生天之左券矣。夫人莫不惡賤欲貴，榮高而辱下，宜乎仰止覺儲，欽哉聖誥，夙夜求之，若不及焉者，尚何對竄自棄，而三塗之歸邪？余竊嘗深怪之，因出科麗經以傳而一言之也。

菩薩戒本序

戒莫大乎菩薩乘。戒者，生之成佛，佛之化生，莫不以之，蓋大原大本者也。能仁氏於境本身疏之，蓮藏道之，千華演迤之，千百億國原原本本如此，其遠制爲重爲輕者，條之二篇，而統之三聚，定律著令，以法後世，使無擇於天鬼人畜，愚知賤貴，至猥褻甚可醜者率受行之，即無上覺不與聲聞乘戒者比第，扃機器拘事宜而已焉爾。是則其爲大也，誠然或諉以大爲，無禁猖狂恣行固不察。夫大嚴乎小也，小之盜五錢，殺人當盜殺罪；大之重不予者，取有生者殺，若意之作者，當之不嚴，而何其濟物急時無禁焉者，是處變也惡乎常，獨不畏先佛有三尺法之在戒本者邪？戒本始姚氏秦什師，以口授融影輩，而其後大傳宋奧師，出乃發其凡例科釋之，所謂開遮止作，持犯者益大章，著爲戒律之學，悉尊其説。泉律學今廢，而是書傳然無合科明文者，余將募刻之，使讀誦者便，猶幸乎來者察其本，而正其乘之戒之小大之辯也。故序之。

希晦字序

慧暠者始來，以字請余，以爲「杲」也，命之字希晦。暠曰：「暠也，非杲也，易之則曰晦，吾志也，無害。」余心奇之，遂不易。其後相處以師友久，益親，見其寡言如愚，然言輒纚纚可聽，余乃知其果能晦也。告之曰：「天下之至明者，日月也。然不可以終明，必受之以晦，時晦明焉而晝夜更始終之。吾謂非其明，固無以爲晦；

然非晦，則亦無足以爲明。晦其爲明之根者與？方其晦也，天地一黑，生物在漆。及其明之生也，何可禦焉？則景光宣昭，暠暠其白，有象同鏡，鋪露豪髮，雖群其星而臬其炬，無所用明焉。若是，則晦之爲其根也大矣。聖賢之於世，亦日月也。湯囚夏臺，文王拘羑里，箕子爲奴於紂，孔子不遇於春秋之世。然而爲天吏者湯，爲宗周者文王，而爲洪範則箕子，而修正删繫詩書禮樂易春秋六經之教者則孔子也，是亦晦而明而時焉者也。故君子貴用晦，後世之不善爲晦者，或嬰兒，或龍蛇，蕩然不經，苟焉取容，或爲明，則噭噭察察，以自高當世，而至不免卒爲天下笑，是豈爲明晦之道邪？夫希乎聖賢者，學者之事也。暠也晦，將聖也賢也，善爲晦者也，時而明也，吾將賀之。」

詹萃卿文集序

余年廿五六時，往往見萃卿詹君詩，奉公坐上，固心奇之，而未始見之也。及見，始相識，遂與之游焉。君時年壯氣鋭，落筆如流水，而布衣窮甚，余以爲其材如此，而有不試疆仕哉。既而君窮如初見之，辭和氣柔，中心休休，爲文與詩，無浮巧嫖弱以逐時好，必爲典實老成，不媿古而已。予乃怪其不試而材，而君方校書養親，無少進取意。又以爲非人不求之君，君不求之人也，其不如吾所謂固當今。又三十年，君老矣，亦爲諸侯寓公所賓禮，邦人子弟所嚴事莫不曰「鄉先生」，而君之窮猶始見之也。然與人貌益恭，言益信，所爲詩文益實，而老蓋駸駸於古矣。予然後知君不唯窮加進，而文特加進，非惟文加進，而德愈加進也。噫，君其可畏也已！夫士不屑功名，而自勸德業，至於輝光日新，上與古聖爲徒，雖窮而在下，其視世之枉己以狥人，徼倖而得志，而身爲犬彘之行不少耻者，不相千萬，吾不信也。然則畏君者豈獨余哉？其讀君之文，必知其所畏者矣。

送德隆上人歸建谿序

吾古先生之道，爲之者與世俗異心，必能不移其真，不制於外，抱其所存，與天而游，無復有所留戀。凡喜土著、重遷徙者，舉不善爲之也。夫泉爲俗，重遠徙甚，而吾徒化之，至有盜起，鄰若州軍亂，倉卒之際，吏毆之爲兵，而亦屑就之。蓋日所目擊者，設令吾徒一無土著，則安得而毆之哉？德隆吾友，世泉人，不化泉俗，其善爲其道者也。隆博聞有遠識，蚤棄長物，飄然若寄枝箊草，蹻日不去身，一紀之間，自紅江淛湖湘，輒一再至。既來紫雲，坐不能煩，顧以舊業建谿，其先師墳塔在焉，自紅巾剽掠之後，不一展焉，而日夜往來于心，乃不遠數百里，必去是而之之焉，且以爲將老之也。吾見今之稱大人者，往往以中材用世，無足排難解紛，而固位狗貨不一日去。方今天下匈匈，其能歸而守先人之墳墓如隆者，萬不一耳。若是，則豈直爲吾徒者規而已邪？歌詩送之，隆其行矣。詩曰：

建谿閩上游，衣冠舊鄒魯。寶山何巖巖，于以居佛祖。文風既云播，法雨亦以溥。當時乃翁出，善世豈無補。一朝乘運徂，山中尚鍾鼓。念子蚤英邁，授經寔茲宇。別來歲月積，桐葉鳴秋户。故山忽在夢，寄聲問杯土。紅巾近入寇，流血幾漂杵。下馬拜兇渠，松楸莫予侮。吾門禁情愛，亦抱霜露苦。歸哉一祭掃，胡能久羈旅。詧予老無徒，歲晚其望汝。首丘固所懷，尋盟或相與。勖子金石心，悠悠貫今古。

校勘記：

【一】元温陵釋大圭撰　底本無，據文義補，以下卷次同。

【二】傅岇穿鑿　即「附會穿鑿」，「傅」通「附」，「岇」同「會」。

夢觀集卷十一

元温陵釋大圭著

記

夢觀堂記

恒白山人作堂于開元佛舍之西，曰夢觀堂。其堂舊狹而長，[一]詹子記之，以爲墮軒者，其後得鄰屋合而大之。山人貧甚，始以友之助作堂，助微不足，不中止，乃悉以凡服御者售之人，成之。既成，而居其中枵然，山人以樂，且以夢名之。客有過之者，曰：「子名子堂，奚取諸夢？吾聞昔武丁夢説，尼父夢旦，帝鴻夢華胥氏。一以得相，一以行道，又以理人而治，是真其夢也。子之師未始有所謂夢者，雖有以夢，譬觀世間之説，是虛其夢也。今夢果堂乎，則誰作？然則吾見子作之艱矣，[二]堂果夢乎，則誰居？然則吾見子興居食飲，誦説游息，必於是焉爾矣。堂乎？夢乎？真乎？虛乎？吾將釋然，寤而無惑也。如之何？」山人徐而諭之曰：「夢之夢也，堂之亦夢也。虛之夢也，真之亦夢也。於夢求夢，愈夢而不寤也。古之至人，夢于身，夢于人，夢天下萬物，而其非夢者不夢，是之謂大覺。蓋余所謂觀者，余將以天下萬物合而堂之，夢而觀之，果能同余觀而大覺不夢者，其誰也？抑又安知無其人乎哉？則與之樂斯堂矣。」客寤而退，書之以爲記。時後作堂三年乙酉之歲六月也。[三]

長生院記

雲隱子少好長生，久視之道。蓋嘗自病其不去塵也，莫若爲宮，以居神僊，而宅心其間，庶幾乎塵之果可去也。於是即城之南作新宮，曰「長生」，示其志也。經始至正改元之明年夏，越六年春，而宮克成殿，玄天之神堂，洞賓之僊樓。其上焉羽衣雲集，陟降上下，坐靖有位，入圜有舍，凉亭煥館，以游以息，廊廡門著，庖湢井匽，私廬公寢，環擁周密，而宫之制粗備。其西序爲壯敏侯父子祠，兹地得之孫氏，以故得祀。其東序立黄氏禰，以奉其先，築其北東爲死死之室。雲隱子蓋將老焉，迺市池賽家爲放生池，蒔以蒲蓮，毓以魚鼈，甃道埶木，椶華圃蔬，以美是宫。既而王君寔者與其别屋撤爲直宫門之庭，至是而宫之美益備矣。始雲隱子志乎作而單其資産，僅成之半，且復稱貸焉。而具成之，凡靡金錢十三萬五千緡有奇，而雲隱子喜其成，忘其勞其費也。於乎！昔張文成之請於漢高帝，棄人間事以從赤松子游而去，其有貴富禄爵，輕而去之之，果如此，雲隱子不有禄爵，而浮沉塵俗間，不能去寧，獨不媿之焉乎哉？然則幸宫之成日，逍遥徜徉乎其中，超乎煩囂，止乎吉祥，振步虚之玄聲，樂壺天之清光，與衆妙以俱生，而友天地於無窮，是亦無甚媿於昔人者也。方外交大圭，與游久且深，因爲之記。雲隱子郡人黄氏，道賢其名云。

思政堂記（代張志道）

去泉之治西南百廿里，有邑曰大同。同之境帶山抱海，地産蕃殖，民用給足，在昔號易治，爲樂土，嘗以「銀同」稱。其後連有事于邊，而同在二州之交，民苦軍興，供億百出，而撫字無其人，至化爲頑，弗用命者有矣。爲邑者良其政，得則胥化順善。然則民之善不繫邑政之得失，而贊謀司牘，上協長吏，下率諸曹，于邑者非幕又孰克舉？其曰幕之爲首領，蓋亦重焉者也。

至正九年春，余來泉，聞吾鄉陳濟汝楫氏幕同有聲，及詹先生海漚氏歸自同，復言其賢甚。其所爲不苟士論，歸之幕，故有堂以爲安坐而視其敝與隘，則吾何幕？迺察面勢宜輪，廣具材用，使匠氏擴而新之，不逾月告成。于公邑之長合群吏落之其上，名之「思政」焉。費己出，不人求人，翕然喜其事，幸吾子書之。予知詹深，陳又同鄉而賢，以故書不讓。爲邑有政，幕而思政何？正人不正，曰政不思諸心，文具焉爾耳。思之則得，得則人以正，是故從政必思政。政有小大，有天下之政，有國之政，家之政者，不同而爲之之心一，其心則仁也。幕之所存，果其心乎！夫以百里之廣，編户之衆，征賦之浩瀚，而程督日嚴，訟牒之紛紜，而情僞萬變，其利病悉幕所盡心者。諉以爲邑者政而勿思，是豈情哉？陳其勉之，則必大用於時。今之思後之爲，其惟政也。予方將觀之，遂遺詹以爲書同幕新堂事。

怡雲庵興創記

同之鎮山曰鴻漸，繇鴻漸而南數十百步有山焉，曰南，南之上有逕，漳泉二州之往來者道焉。有庵爲之，荈曰怡雲，寔居士陳君覺戒作也。君喜齊絜，從蓮社游，出男女子爲佛氏，與妻林作是庵以事延接，且悉入其園田爲居行者饘糗。既以福榮，職權興事，而其子宗入嗣領之。

初，庵未名，宗入之師承天道潛取諸昔人語名庵，君因自名怡雲居士，潛師亦爲其贊。君卒，宗入加作路亭，象正殿，佛凡厥考所未及作者，具成之。何獨入然！其二尼女皆能別作佛舍，而以善牖，民其鄉率其化於君者也。後十有八年，宗入使弟求來請予文紀之。予曰：「世之人志於自養，急於自爲，至所甚戚，不受以一容足之地，不輟以一簞食之惠者。而父兄乃能築室于道，以舍館東西南北之人，而飲食之日以不倦，【四】是何其與世人異心哉！而況來者目睟容則思自艾，踵玄域則思高蹈，蔑有塹求一去饑渴勞苦而已焉者。若是無紀，亦自不朽，蓋將與南山俱傳矣，而欲區區之文乎？然予愛其庵其人之名，所嘗神游焉而詠謌之者，雲乎無心，伊人之怡人之遠矣，英英于兹，可望而不可即，而雲猶人斯求歸，以是復而兄以紀之可也。」至正九年冬，温陵釋大圭記。

息見閣記

夢觀堂之東齋爲閣，其上牖而南焉，寔分乎二宫之間。北宫高而南宫有樓，益高，面遮背擁，閣不有見，見不能遠，凡山水草木、城郭人物之盛美秀蔚者，無一於前，因名其閣「息見」。吾居歲不一二登，爲吾徒者以吾所不登，亦不時登，以故閣爲棄閣也。一日，群來告去其階者，吾閔然念焉。

夫物以無用爲棄，閣以庋諸物其用，且南鄉而明，求其爲可棄者無得，徒以南北宫者限，無覽翫之適，棄之不已過邪？今有載道之用，而知道之明，其所爲有絶人者，且澹然無外物，接群高壓之，無所動其心，則以爲無見而棄之，可乎？吾於是重有所感焉。古之人以見爲妄，教人息之，則真者不求而致矣；而人迺逐逐於見，前趨疾馳之不暇，而暇真之求邪？今之去古之人遠矣。吾生四十有七年，才卑知闇，不適用，有媿乎閣者。方將登之，樂其静，以老焉不閣之，得之幸，而閣之棄，其得罪閣也。二三子用吾言，無棄。至正辛卯二月五日，恒白山人記。

夢觀庵記

州之東南有濟焉，曰東山之渡。海濤衝激，横流奔放，浩不可支，而舟之以利衆。涉者州人黄君道賢也，君以操者久，或怠以風水爲解，輒時往視之，至則無所於舍。歲戊子夏，迺卜庵濟上，惟故徐氏地食。既歸其賈，庀工度材，即而作之，越三月告成。西其面也，瀰望清曠，無長林大谷之限，有山金粲，萬古一青，拔然中立，庵得山益佳。君以予游樂焉，顧謂：「吾視濟時焉，客也，子其無去，是余坐不善爲圜，于時計宜野遯以老其所也。」訢然從，尋以庵名請余，曰：「吾思。」君曰：「子所居有題，取以來，又何思？」於是用之名「夢觀」之庵。然君庵庵我又名，我不有述人其謂何？夢非有夢者有之，人魚鬼獸接則顛倒眩瞀，利害交出，既覺，鄉之可喜可愕者安在？人於世夢也不覺，則百物摇之有其非，有（以下闕）

校勘記：

【一】其堂舊狹而長　「狹」，底本作「陿」，「陿」爲「狹」之古字。

【二】然則吾見子作之艱矣　「艱」，底本作「囏」，「囏」同「艱」。

【三】時後作堂三年乙酉之歲六月也　「時」，底本作「旹」，「旹」，原義爲慢走。此處「旹」同「時」。

【四】而飲食之日以不倦　「倦」，底本作「勌」。「勌」爲「倦」之異體，又爲「勸」之異體，又同「勬」，勤力之義。此處「勌」同「倦」。

夢觀集卷十二

元温陵釋大圭著

傳

先佛果弘覺禪師傳

先佛果弘覺禪師之没十有八年，其故門侍掌書記大圭始脩開元僧史，至師，則以親辟嫌，不特書，繫名佛心傳。既而竊自惟師没，無金石以紀述其功德，又無出世嗣以壽其道，又其兩會語不布於時，蓋將垂二紀於兹，遠則泯焉無聞矣。緊我後人，寔痛悼之，是惡可默默以弗敢私爲解。迺悉其出處行事，爲之傳。

師諱如照，字元明，號曰寂室，泉州晋江蔡氏子也。生宋寶祐間，幼能自奮，如鉅人，少長，歸釋氏，事州之開元祖膊院。道符符業白良苦，師化之甘焉，更嘗世難，不一變志。

有元至元廿年，始祝髮受具。廿二年開元之寺合一，踰年而第一世妙恩至師既與勞經，始且奔奏左右。恩恩方器，任師去游方，咨訪力甚，天慧内發，深有所悟，往往及見遺老，以故師熟藂林法。廿六年，歸次雪峰典賓客，有聲湖海間，適聞人權書厨者長其序，於師最善，爲其血寫蓮華經引與元明説。廿九年冬，師迺歸除一室，故業中日寫雜華，亦以血爲墨，主者恩至是益禮之。明年春三月，恩物故，以契祖嗣其寺事。一年，祖延師知藏，前所寫雜華者始斷，手寺之經鈌。師以元貞二年春如閩印經，亡慮千卷以歸，足其藏，尋血寫首楞。其秋也，安谿有巖曰泰山，致師上之，不期月從者如歸，百廢具作，人曰不古佛再世庸克底爾。大德八年夏，契祖折簡以師還領後堂于寺，以能連，不得謝。十年，遷前堂。至大三年，祖復位之所遷者，寺故有匽，偪大悲閣，祖以爲移之便。延祐三年正月，以師董其役，師善指畫，制度加舊，祖喜。六年八月，祖告寂，開府吴公彌息，至以師繼祖席，不應，卒補封崇開堂爲祖嗣。至治元年冬，宣政判官以理法門事來謂，甲刹主不宜曠選，以師可。二年九月，行宣政使暨淛之三宗諸師檄疏，僉可之，是時不攝而真矣。

師莅衆仁，不宿怨，無戚疏卑尊，一以誠遇，而延挹四方，亹亹若不及，粥飯二節，鍾鼓不瘖，衆莫不人人自安。其説法明白嚴正，大壓服人。浴佛云：「胎分大術，創誕無憂，雖則獨尊三界，未免強出一頭，啞無業不生閻浮。」成道云：「雪滿于山，星回于天，一見便見，更待六年。瞿曇瞿曇，無端引得衆生起，顛倒東土，望西天。」又云：「雪窖生埋幸可憐，六年曾不動機緘。眼皮爆綻三更後，明破星兒即不堪。」有時良久云，言多去道轉遠，遂下坐。上聞，錫「佛果弘覺」之號。師夙願世爲蒸嘗，迺因西塔洲閒地，瀕海岸之衆得食其圭田焉。

泰定四年春，寺三門灾，[二]師新之，榜其上。先是，師以作門之役用廣出，估所蓄，僧中凡得資若干，舉爲助。至順初，師手疏其始末，詔徒曰：「吾世緣不遠，將歸休矣，爾毋怠。」以二年四月十七日無疾溘化于東庵，年七十有四，臘四十有九。徒若干人，廣漩、文善，前卒文燁、義璉、義山輩奉闍維合葬靈骨歷代之塔。師生喜爲福，其東山彌陀勢，至西禪盧舍那惠光石塔，西方象廣利釋迦，皆所施，廣利則師作以接待往來者。

贊曰：佛果師父鐵牛符，符父空巖覺覺符，精進苦行頗相埒。佛果有二父之風焉，後死者逮事佛果而不逮其先矣。始從海翁游，翁出空巖，授許真君戒語，與鐵牛凝濟上人答白居易書，[二]竝其手稿，時幼不知，受而寳之，竟爲人藏去，蓋嘗以爲甚憾者。今佛果語亦亡七八，既傳其行事，且將蒐其語以傳，而海翁文字語言不一存，吁，何及矣！

子山居士傳

子山居士者，泉之晋江人也，姓李氏，名用康，字寧仲，號子山居士。居之鄉有山，不甚大而蒼然，出者因自命焉。其下李氏世居之地，多李姓，而此氏爲大，蓋唐之裔，五代時辟亂入閩，故群同姓。云其先以儒名，有曰彦植者，生邦成，邦成生民瞻，民瞻生子山，生則宋端平之乙未也。幼敏而勤，父民瞻愛之，使一於學，無以衆子齒。比壯學成，使游諸大夫士間，洪尚書天錫、徐守明叔咸謂其能。明叔手書大學首章，予之刻于堂。民瞻没，子山治喪極哀毁。

初，子山學舉子業，將仕宋，顧弗靖已。丁丑，泉受兵，子山白都督者以身護鄉里，聚民爲防，兵莫敢犯，賴以全活者萬計，人户德之。既内附，不復言仕，爲方外游。古妙樂佛舍去不遠，子山新之，布衣蔬食其中，謂人曰：「儒佛一也，而人岐之，我其視爾人隤然。」以化鄉之真際堂壞，使浮圖景芳輩率父老改造，成而記之，於孔釋同貫，深致意焉耳。家居有東林精舍三觀樓，以館高僧宿儒，委積飲食，逾時不厭，心猶以爲未也。亭行道之人者凡若干所，其樂爲善也如此。至大庚戌十月廿九日，子山卒。前擇所藏，許村之眉山戒勅子弟，至漸不亂，葬之。其友趙必㬂爲銘，稱其高風偉度，可以寛鄙敦薄者也。

子四人：義説賢，蚤世；義實、義方皆克謹，似續其季；暤又賢，頗有父風。義説之死，子山詔之曰：「吾喪吾家子，其喪吾也爾。」後之服之。暤弱，居喪如成人，子山喜。後子山之没餘四十年，暤以爲家無其傳，何以詒諸後，俾爲之傳。圭受知久，其無敢辭。吾聞長老言子山長身有膽略，然其仁甚赴人之急，猶在己也。歲旱，輒自爲祝文，乞雨于龍，屢感焉。於乎！以一雨必于龍異矣，豈其陰德然邪？爲人御灾捍患，【三】脱萬命於搶攘之際，其爲烈也大矣。然龍，天之徒也，天其可必邪？天將可必也。何不子孫駟馬高車，以食其德，而猶白屋之下，天其不可必邪？然獨遺子孫以安者，其志也，天而從之。於乎，天豈不可必邪！

先休庵居士傳

廖氏起春秋之先廖叔安，爲古今人豈第之仁人者。其後諸廖之在天下，代不絕書。而泉之廖，有進士特奏名者，往往見郡史，而吾氏家史逸聞。諸先人言其六世祖昌後仕宋，爲贛之瑞金主薄，以不撓于公，自劾去，徙泉，爲晋江民，吾氏其昉乎！

至吾祖傑，亂後家石下僑焉，隱約没齒，人畏其德，咸呼之廖公。初，傑以無後慮。其弟滿生少子，踰年而喪所乳，出以後傑，傑喜，使妻郭哺而子之，是爲休庵公。滿則與其長子詢應募，籍兵王勝，姓名蒙王姓，而廖氏僅如綫者以公。

公名應，改曰穆，字仲和，號休庵居士。孺子時知自苦，折節讀書。年十四，能營以養。十九，居父傑喪，哀疚孔棘，真失所天。先是，母郭與傑前子高之殯皆在，公貧，而一日舉其三喪，人翕稱其難能。旁有精舍，公齋居，因而爲佛以業，爲人後不可還。娶林氏，蓋與之同井臼者。生子三，學則脩資，惟其須不難色，期其成也。所生滿老，公與詢事之没，爲之服皆謹，曰：「是生我者。」

既而詢連訟，以爲兵所司追，公對辯廷中，其詞氣詳正，官爲感動，卒以内附籍定直之，移屯若邑，民廖氏如故。公曰：「吾家多難，以所先陰隲後，而直于官，其爾嗣人思艱，無後業。」迺字子得、子弼，皆曰民後。以會客落其居石下，雨甚，水入地皆版之。而客群至，公白詢爲坐祭酒，酒半，而以不同籍，衆辱詰之，跽謝泥水中，久不解坐，客爲不樂，罷。公終不怨。詢之死，公臨送盡禮。其孝友性然，而處不幸，又几几也若是。二子既受室，公以所盧所藝者疏而分之，曰：「先無之而吾有，是不能以富，汝惟爲善不匱。」又曰：「汝得汝弼，善相友，無鬩，善事汝母無斁。吾老自給，不汝食，其裕汝朝夕。」雖益窮，不使子婦聞之，翛然樂也。

公有善人聲，諸所謂經會者致之教授，於佛天悟，人争下之。晚致家，事爲西方，社里中里儁秀者集社用大成，故有社錦塘，少嘗游焉者，廢不復，公悵然，至是殊愜。公志以送葬，出顧謂社曰：「吾亦欲去。」翼日，沐浴衣冠，與林氏訣，趣召二子，命之曰：「喪，火之，無留骨，湅之無收。哀之誦佛，無哭。」使視日蚤，莫曰夕。公曰：「吾去，即之化已。」時六十九，至正八年十一月十一日也。是日，鄰有夢其杖而西者，問之，曰：「西去。」視，果然。二子以告圭，以爲公非生死輪轉者，喪以佛，宜一遵之。十一年，來請爲其家傳。

始圭學成，詔圭曰：「吾爲佛不果，吾以汝許佛，汝行。」圭辭而從，師州之開元，度爲沙門，凡三歷職而秉法塵，公必至，聽之訢然，且言汝卅七當得一剎。今宣政檄圭以承天，方謝不應，然其言神矣。昊天罔極，何以報之？迺爲傳以志先烈，使藏于家。於乎！公以生長喪亂之餘，艱劬植立困於人者，數無憂苦怨望之色，而卒得廖氏之鬼食，我與夫迫乎利害而自喪者遠矣。至爲里師，誘掖獎厲，内人於善而後已，雖有威賞而人不行，況一言而勸趨之乎？而屬纊間譚笑，閒暇自爲喪制，無與世俗其所存，蓋可知矣。於乎！求之于今，如公者何人也？

先和上漩公傳

公諱廣漩，字空海，泉州晋江人。世蘇氏，家故蓮社，生不肉食。爲兒則能唔伊，誦所謂證道歌者。長學，慧甚，以事開元寺佛果照，授楞嚴經，纔兼月，而數萬言皆倍，器之，度爲弟子。公志禪奥，心光烜然，夜以不寐，或告其祖，符符痛厲，摩之迺寐。爾後雖宿衲，無當其辯，游方以試真珠華頌，得籍雪峰，去知賓莆之龍華，尋知藏諸爲頌警策。而詠鼠有「尋光來佛後，竊食犯僧殘」之句。還，知寺藏，至居首坐，衆服佛果。既領寺事，公獨不事，事託於酒以逃。一日，縱筆「百年大醉，今日方醒」云云十六字，隱几而槁。凡其役相與火之佛果所業雜華，公手書出，輒撗涕曰：「吾家喪此法舟也。」未幾，有排抈佛果者速諸徙獄，難作，而圭出，夢公焉，曰：「公來何?」曰：「以汝不在難，故來。」圭曰：「公没而不言何?」曰：「從上來，果有言邪?」因請歷職可不，曰：「風其日澆矣，不可有頌。」送之，曰：「何當復見乎?」曰：「也知不作多時別，畢竟相逢滄海中。」遂去。明年，難平，佛果亦没。圭後公事佛果，而公焉依一以父視之。自公夢圭，殆亡慮廿年，于今閒以時奪，竟歷職媿公矣。既而傳開士佛果，而不一傳公，豈情哉？迺傳之。

贊曰：公以酒自逃伯仲，古散聖谷泉輩將以世難乎免也邪？谷泉固不免矣，而公迺獨求免邪？免不免何足論，論其道焉耳？將不知修絜之爲美，而故爲若是沉沔也，抑其道然邪？然則今之高自表襮，以媒當世，而廢其道者，公罪人也，【四】噫！

東禪泰公傳

吾門人舟三以書爲其師來請余作開元史記，固願書之而不及書者，況請焉而堅者邪？舟其晚法門子，而能以其緒德餘業泯無聞爲耻，【五】必能思有以世其家，無碌碌群於人焉者，可嘉也已。遂爲之書。

閩大沙門曰權，居萬歲者，徑山珍之嗣，而泰公之師也。泰公字用平，一字復初，生侯安陳氏，十年而從權。權愛其遠器，僧之，使游鼓山懲首坐之門。懲，前朝儒冠者，授公業日懋，連以公爲其寺侍者、藏主。延祐初，始來泉開元，祖材之，以公掌書記有聲，因籍焉不去。後祖者照賓禮公，以前堂久之得東禪，人莫不爲賀。公視事其夏，而謝事其冬，難進而易退也。還，卒于故所居寒趣之室，年五十六，號明道禪師。

公生呴呴，然未嘗一姍侮怒駡人，蓋類古有道者。蚤以詩與陳旅、阮恂、王灊輩游，而晚益留意内典云。於乎！余以其父濟棄家，入南澗，爲浮屠來，客死泉，爲其鄉祭之以文，而公喜之，辱知公焉。其後爲悼其友南序，而公尤喜之，竟哭公矣。然公獨始終喜余文，迺今猶及書公也。

福公傳

公諱伯福，字謙叟，泉州惠安周氏子也。生十三年，父母以公從州之積善長老守慈者學，出世。法六年，乃得度。屬時艱虞，奔走戎馬間。【六】國初，始得納具，因隸籍于我主者。契祖察其能，選公知僧事，至使總之，連稱職。

公喜施予，祖以直殿之大庭當甃告，公聽而使伐石甃其庭，頣指勞甚，至與匠者同卧起。既而以倉之庭告公，復石之。未幾，祖作輪藏成，又以鐘鬬告，公聽亦不讓，屢施不厭，不言功。祖以爲不易，稱於衆：「使人人福也，吾佛土之嚴一無曠矣。」其閒居益志濟衆。環泉之東西南北市鑿若干井，泉人甘之。承天之作龍藏也，其經若屋，舉求公爲之，公副其求，無有德色。其後承天以隄葦水田，求公助，公復歸之金百，人曰：「今之爲彼疆此界者，視公何如哉？」南安之蒙谿，其下可田，公以蒸嘗故壆築之，寺之正歲阿羅漢會齋者是已。其大弟子永寶者寔始終之，凡有勞于我，莫如公烈，而公輒嗛然思有爲也而老矣。至順元年二月八日，無疾而卒。其生宋咸淳間，得年七十七。既火，而藏其骨西山，迨寶出世，慕不能已，乃復於寶幢峰爲塔，象公以藏焉。

受其業者咸克世其家，而寶尤繫人望，行宣政院以莆龍華檄之，今方中興也。公爲人沉毅寡言，能清約，以禪自娱，或閉門累月不食，其徒走視之，公笑曰：「子以我爲死矣。」時衣敝出市，人指之語：「飲我井者，今若是窶也。」公笑而還。人以爲其初叩天竺，宗心法，蓋有得云。公没廿有三年，寶以其行事使來請列之家傳，公盛德，顧余何人而敢書之。然余侍先佛果側，見公日往來，佛果嘗及拜之矣，因以通家。

其與寶游亦既有日，老成典刑，於今見之，寶其不愧公者也。而余不肖，獨愧佛果，忍隊先友之遺懿乎？乃泣而書之，以詒後之君子。

傳張籍鹿

邵武伍恕元忠爲余言：泉千户侯王某，夢有自分其姓名張籍者，稱身鹿也，不幸見獲于人，以苞苴人，人以寄侯之女弟尼，侯其救脱，無我殺。幸王少寤，思之，不省張籍爲何人，謂「適然夢也」，既而復寐。又夢籍如鄉所稱，而哀祈甚至，迺心異之。蚤作，以告女弟尼，尼言無有所謂鹿者。不挾辰而貳閩漕者善某果寄鹿尼所，尼以其兄言白善，乞全之，無殺。善不可：「吾鹿將殺而食之，何論籍不籍？」尼不得請，還之，竟殺食其鹿。尼以復王，王悵然久之。恕聞而訪之，果然。意以爲張司業何如人不幸而至此，令在恕也，必以歸于一山林精舍，求有道者授之三歸戒，然後畜之，終其天年。若是，則於張司業不其益乎哉！而人迺爾何心也？師其然吾言乎？余以元忠信人也，而爲此言，與之同唏共痛而已，寔至正二年八月也。於乎！籍爲鹿，見夢人而求脱，其亦異矣，然卒不免，豈見夢非其人乎？殺之者且不知，籍所遇均之非其人也。使籍生爲人，求所遇其人於時，固無有也，況生死變化相嬗亡窮而爲異物者乎？吁可悲也。

校勘記：

【一】寺三門而灾　「灾」，底本作「烖」，「烖」同「灾」。

【二】與鐵牛儗濟上人荅白居易書　「荅」，底本作「畣」，「畣」爲「荅」之古字。

【三】爲人御灾捍患　「灾」，底本作「菑」，「菑」爲「灾」之古字。

【四】公罪人也　「罪」，底本作「辠」。「辠」同「罪」。

【五】而能以其緒德餘業泯無聞爲耻　「德」，底本作「悳」。「悳」同「德」。

【六】奔走戎馬間　「間」，底本作「閒」。此處「閒」同「間」。

夢觀集卷十三

元温陵釋大圭著

書

與無學居士

圭和南無學居士足下：

累日不面，詹企殊深。道履計必清，適泉山檀越，始以爲敬。信佛法者因吾友就之，竊嘗自喜，幸得善人，願報之德。今乃知其度僧，非求福也，以僧之禪誦行道無益之也，而利僧之奔走供給，使令於前也。歲時凶吉，趨事曰有僧有僧，可也。至於侍賓酒，尋出婢，曬麥蹋麴，上磨之役，必僧爲之，何也？夫既僧之，而又奴之，僧可奴乎？僧其可奴，吾佛法不久住矣。若是，則三塗之下，彼此有累，而因果深可懼也。若曰不奴役之，而子役之。子出家，父母不得以家事之勞責之，況檀越乎？使就役莫違，則是出一俗家而入一俗家，何以爲出家者也？敺僧入俗，是豈檀哉？爲人之檀者如此，抑不思之甚也。圭雖窶，稱貸相知，悉還其助緣，資俾之別買一奴，無吾法辱，此吾志也。欲行之，君知道者以爲如何？雨寒作字，幸恕不端。謹。圭和南。

答澤友

別去逾旬，書來極慰，懷想朋友，患難相恤，真情藹然，高誼過人，健羨健羨。惠廓無辜之狀，前此嘗言之，不入，況今人事危疑之際，言之非徒亡益，以故莫副來請，愧負何可言。始者欲子勉廓一來，今惟之不可來，來必入見謝，過否則尤之，當復深矣。出既不告，反又不面，其如禮何？子宜爲廓決去就可否，或不可來，且勉之。鄉院沉伏，勇去塵垢，脩德自玉，俟久而事定，乃來。廓明敏粹温，期其遠到，可勉以君子素患難，行乎患難，勿過戚戚。至囑不一。

答鄭居士（代）

某白居士鄭君足下：

辱書以開爐節齋僧薦，冥爲不宜，當請復其初。此孝子奉先報本之心固若是惓惓也，余何敢不承？然君子作事，始克慎之，則無悔於其後。倡之者君也，雪老也，其更張而爲之者，亦君與雪老也。傳曰：「作法於凉，其弊猶貪。」始作其中，更不其凉乎？原其初心，以山門凋耗，去泰從約，故移諱辰齋與開爐供，并而爲一。其後歲復一歲，凋耗逾甚，維持之，枝梧之，兢兢凜凜，唯恐衆僧鉢中之物或缺，而況施者所寄子本之資，薦經剥蝕十亡七八，其所追薦儀典，不過存告朔餼羊之禮耳。既不能責備於前，又何求備於後哉！譬之貸父之錢，年遠代更，而執左券責償其子若孫，僅幸得其萬一，況求全乎？某尸素于兹，惟懼弗稱興滯補敝之未遑焉，能一一復于古初，如全盛之時者乎？且事之因循，驟革而復，衆必譁然，怪之不若守成法之爲愈也。來喻以豫凶事爲貶，此蓋拘於浮誇之文也。祖宗之靈至誠，斯格又何泥諱日之前之後，區區慮而弗釋者乎？君素知内典，崇敬佛僧三輪體空之旨熟矣，奚庸贅陳？悃奉答，惟君其亮之，不宣。某悚息白。

與延平守

某官閤下：

道遠不獲，時致起居問候，[一]勝馳仰伏。計旌麾所臨，静治千里，撫字之暇，台候康勝。某少懇寺混一，來未有記，極爲闕典。今王玄翰樂爲書之，而無玉石可刻，聞貴部砂坑有之，特遣徒往，求告指麾所屬，維持舟之以來，永爲山中觀瞻，一衆之幸，則公之福德，其有既乎人。行某物若干，粗見誠耳。溽暑，惟萬萬爲國自厚。不宣。

儗滲上人答白居易書

月日沙門釋滲復樂天居士足下：

日不鄙來辱，少獲從容，幸矣。而過推於佛法有一日之長，問所疑義，則余媿焉。然高見遠識，蓋將明辯以解來惑，豈真不知而問者？顧愚闇，其可負負嘿已。所示者二。其一疑佛之説教，率對病施藥，故凡説者，必隨根也，其見於浄名、首楞者莫不然。偏贊佛乘，而法華戒之至，法王則曰不定根，説般若則曰平等，三昧則曰一味無分，所謂藥病者與前戾矣，將何取此固無足疑者而云云若是，何哉？不知各教之分齊，與夫狗機抑揚之説，而遽一之。若浄名貶小褒大，而首楞其屬耳故無蹄海器穢而有隨應之説，而法華迺白牛乘其叙前乎開三未起寂場之意，故云也三者隨教有義，安可一之而爲説邪？若法王、般若、三昧，直顯法性，平等一切，皆如定根，則説不稱性，如此則又何戾邪？其以滿慈莫能觀心説法，而責末法者之能不，而獨不見乎代之用人，不聞有借才於異代者，而以佛世與末法并，又必人人盡過滿慈者而後説邪？抑可以通慧之有亡而廢説邪？百工衆藝，教之之術，尚因人而入之，爲説法者而不能應根邪？況乎冥顯二加，則又惡可量也。復以依義不依語，則無可依者，是又不然。方便了義，夫既知之矣，則不以文害辭，辭害意，而何無依哉？雖教之本末有云，大乘之初，於小爲了，於實不了者，在融而通之，何膠柱調瑟而不知變也？

其二，疑蘊緣一而色行先後不倫者，此又曉然者而不察之。夫聲聞、辟支所觀諦緣之不同者，合之四，開之十二，其開則觀三世之苦集，其合則一苦集爲見觀之蘊直，其見苦集者爾，何雜乎緣而言之也？況色與名色，又有異者。名色則歌羅邏之五蘊，而色則質礙之一蘊，其緣蘊二行者於過見亦異也，以見在之蘊與三世之緣倫之，既非是而何先後之乎？或以爲破則繇粗之細，生則自細之粗，[三]而先後之，是亦不必論也。所疑者辯之矣，其有大於是者，時賜問焉。有大疑焉，然後有大覺，所望於居士也。蠡酌法海以答勤懇，然不識果能副盛意不？悚息悚息。滲復。

白公問滲師法，必晚稱香山居士時也。書傳焉，不見滲所答者。隆上人謂余擬答之，余既嘗以符祖所擬稿亡之爲歎，至是益感焉，迺亦擬滲所爲答，以塞隆請，萬一其能彷彿滲者乎？大圭書。

校勘記：

【一】時致起居問候　底本「問」字下有小字「問候」，雙行，應衍一「問」字。

【二】或以爲破則繇粗之細，生則自細之粗　「粗」，底本作「麤」。「麤」同「粗」。

夢觀集卷十四

元温陵釋大圭著

疏

重造珠淵橋嚴經歷主之前嘗修此

珠在九重淵，久閟神龍之窟宅；梁成十二月，通行駟馬之軒輿。昔人蓋憫病涉之民，此地遂多題柱之客，雖基址堅牢，立砥柱於不朽，奈湍濤囓蝕，作津梁者亦難。方今希蜀相之繕脩，夫誰可託；故老誦嚴公之遺愛，舍是焉求。念憧憧白日行空，歎渺渺清波無路，便請倡始揮金於一諾，依然喚起鑿石之五丁，心地法只要鋪平，庵中主何曾有漏。兩行官柳，春流無不渡之人；一道晴虹，夕照横半空之影。成功濟衆，致身要津。

刊華梵字五部陀羅尼

此陀羅尼部有五，謂佛、佛母、菩薩、金剛、護神，秘密藏無量總持，斯直沙陀分之一，而法義深淺該備，可配五教，是則諸佛心淵乎博哉。言思罔及，衆生成佛，以之後五百歲獲值無上法寶，如此溥與含識同深慶幸。今以梵書書于上，華字列于下，對而讀之，音韻克合，俾無臨文齟齬之患，後右先左，從梵本也。且顯密二教，其歸一揆，而華梵文異，今合之，將以明其同也。凡一切法殊塗同歸，亦何悖夫吾佛之意哉！是宜鋟梓，傳諸無窮，作大利益，然必有大福德大力量愛敬無上法寶者，作興成就之焉。

陀羅尼獨推無字，尚何分華竺之二書；秘密教普洽有情，遂曲示主伴之五部。盡大地人翻譯不出，用一法印契證現成。長行短行，二合三合，西天亦無異東土，人人同一舌頭。孔門曾見笑胡僧語語，空尋紙上叔世，儻不逢財法檀度真言，殆將隱浮僞華辭。請試觀如蟲禦木之成文，當有見得兔忘罘之遺意。横眸讀梵字，天風吹，貝葉墮，來持咒，結曼拏，佛母與金剛起舞，壽崇宸極春入版圖。

石湖六勝塔緣

山勢抱金釵，聳一柱擎天之雄觀；地靈侔玉几，覩六龍迴日之高標。忽驚鰲戴之弗嚴，詎忍燕安而坐視。求楊州十萬貫之助，賡昌黎三百尺之吟。易危而安，揭石豈無力士；惟新於舊，聚沙敢效兒童。庶爲臺而子來，雖覆簣而吾進。白石蟠空壓坤軸，黄昏倒影落江波。粲然設利明毫，憂者以樂，病者以愈，儼若如來全體。仰之彌高，鑽之彌堅，開六勝之洪基，祝萬年於元后。

浄居重構彌陀殿千佛閣

浄土從心現，尚何十萬億之遥；衆生成佛多，略説一千數之目。共喜閣門，拓開白晝，俄驚殿影，零落斜陽。片瓦不存，丹梯徒設，曷若作新，謀諸匠石，庶幾改造，式彼前人，賢劫在今，一彈指便須證入常光，觸目了自己。莫别馳求，凡我諸檀，毋勞再舉。

浄居脩香厨鍾樓長廊

炊玉厨，空老屋，僅支風雨；虚鍾樓，破洪音，猶徹雲霄。廊頭幾度月明，竈裏誰無煙氣，踏斷上頭關，要圖穩步單提，不露頂始見全機。寄言詩客，莫登非公境界，滿鉢衆香擎出，還我輩流，諸漏頓空，萬金消得。

西禪構彌陀殿千佛閣脩香厨鍾樓東廊

移城護寺，清源守流，郡乘之芳揭扁曰禪女，釋者絶人間之欲，眷此非常境界。迨今未墮門風，殿破不扃，奈有西方古像，閣危將壓，誰憐賢劫慈尊新輪奐，以聳觀瞻請度檀，毋庸靳惜，亦補庖厨多年罅漏，載脩鍾虡百尺樓臺。東廊錢敢互用於西廊，今日事要無慚於昔日。層闌曲檻，高登千佛之階梯；片瓦根椽，當掛九蓮之姓字。諸言金重，果報景從。

西山白衣起蓋王延彬禮訥師于此

碧眼出東夷，藩屏重黄金臺之築；白衣據西麓，殿堂幻瑠璃界之居。草創並福清於一時，華觀想貞明之五禩。昆明灰在，閬苑花歸。有田不入富家翁，幸可青氈復舊；結茅願拉同袍子，那堪矮屋擡頭。歌「伐山成大厦」之詩，圓「插草建精藍」

之話，盛德書君銀筆，中心貺我金刀。礎棟猊龍，坐見梵王宮之壯麗；郊藪麟鳳，肇開招賢里之嘉祥。六合同春，一人萬壽。

圓明庵砌路

善濟坊内新闢一路渡河，屬於西城雷裕之主其事。

窮途多哭轍，孤昔人標善濟之坊；大路可通霄，看跬步入圓明之域。航河雖一葦之甚易，鑿山必五丁而是圖。援桴已震雷門，如砥同觀周道。來牛去馬，下臨春漲半篙；南郭西廂，遥接市聲十里。誰信石頭解滑，直教心地都平。惟吾泉萬金産者多，矧此舉八福田之一。仁宅義路，盍期聖處之榮勳；民徑道夷，幸振斯文於墜地。豈曰小補，當有大書。

吴溪三教堂重葺中有朱衣祠

三教鼎足而立，助聖朝清化於天地之間；一堂古意猶存，屹魯國靈光於兵火之後。里社久爲瞻望，鏄漏又欠補葺，便請作大厦𢊍幪，何待觀皇極讜議。朱衣點首，黄面破顔。四護垣墻，日暮無牛羊入室；一新鐘鼓，春風有龍象栖雲。會看真俗之混融，宜推財法而惠施。

雪峰父母墳庵緣

按郡志，雪峰義存師父母葬楊梅山，俗名白馬墳。淳祐癸卯，天錫即創庵焉，因考之宣和間黄祖舜表其墳曰雪峰父母墳，至錫乃庵于此。錫號樗拙，三築而後大成，今餘百年矣。屋日以壞，坐視遑安，是有請於諸君子樂施，余以作興之，幸甚。

愛人施及草木，後時况復識父母之藏；有子以爲聖賢，得祭曾不若馬醫之鬼。故前輩重梅山之墳墓，迺作庵，高雪嶠之儀刑，鍾鼓晨昏，粢盛伏臘。奈此屋蓋多年，所使來者，但有咨嗟。昔樗拙締構再三，始酬初志，今棟宇漂摇大半，實愧古人。亟搜磊落之奇材，肇新輪奐之華觀，豈惟誇一時規模壯麗，抑將示百世德澤深長。老漢尚有鄉情，大地皆吾檀越。松陰崇四尺，願言視葬防之封；厦屋廣千間，胡不效庇士之作。曾郎萬福，季運長春。

唯識庵塑佛羅漢創瓶花几按

曼殊筆，唯識疏，遺文經六丁雷電之餘；真身藏，窣堵波，清風凜五季干戈之際。載構精廬，俾供灑掃。盍嚴像設倍聳觀瞻，四八相炳，然而臨半，千僧瞠若其後，隨機普應。看入泥入水，爲人舉世堪憐；徒以色以聲，求我功德財要。渠自運莊嚴具，凡百斯圓，黄雲生香案之春，皓月映寶花之坐，[二]喚白塔如孤鶴出，那伽定一開顔。拈莖草作金身，請大方家重注脚。壽藁林之元氣，衍黼扆之萬春。

天竺架僧堂衆寮

巖翁開法席，爛冬瓜十倍馨香；竺土集禪流，大蕠林一般氣象。僧堂前相見，重拈舊話；明窗下安排，要策新功。補遺闕以承權輿，就高明而去湫隘。柱枋圓扁，梓人呼斧者鋸者而是趨；几案嚴清，叔世得財檀法檀之具美。喜華屋落成，喧呼燕雀；看長裾雜還，步武象龍。日静鳥吟隱團蒲，坐觀衆妙露餘松。沐開貝葉，深契重玄。跳出寮門説悟來，活捉聖僧騎項著。消得黄金瓦、白銀壁，於此有人焉；安居師子窟、旃檀林，請事斯語矣。一采兩賽，百福咸臻。

隆慶僧堂緣請孫氏勸

青山來九躍，蕠秀氣爲隆慶之家；金鉢重千鈞，畀寵光於創業之祖。曰境與人而皆勝，何今視昔之不同。爰闢荒墟，粗復舊觀。有來龍象，可無七間僧堂；苟舍度檀，執了一鋪功德。顧壯敏侯諸孫特異，爲清源州善類所歸。正及春風笑語，有笏滿床；願作夏屋㟁幪，遮頭千載。呼邪許舉大木，請就役而自今；集巾單開明窗，期報德而敢後。塤篪迭奏，因果俱圓，黄金如山，一揮紫髯，遺澤百世。

靈泉佛殿邑大夫倡之

蕭寺如列星，擅靈泉獨標古蹟；琴堂屬多暇，驅春風來補燒痕。甚以覺皇之尊嚴，盍先正殿之壯觀。梓匠隨人指畫，忽千間廣厦落成；釋梵擁佛來歸，類三道寶階初下。師子嚬呻，象王迴顧，虎豹遠迹，蛟龍遁藏。喜氣數適，當作興信規摹，要圖宏遠。琉璃照明月，提唱看乳峰輩流；香煙繞白毫，唫詠有雪堂人物。檀諾金重，帝壽天長。

葵山普利蓋法堂山門

郡乘載，院迺王延彬置，且施尼善因者織文金剛經，因寔開山焉。宋季院燬，迨今始構大雄殿，餘諸屋未能復，而法堂山門作新之費夥，惟檀者是告，則觀其成矣。

因大師襲愛道真風，壽正法而行八敬；王刺史鎮清源佛國，作廣厦而庇千間。權輿如許，輝光衰叔，鞠爲煨燼，頃圖興復，無廢觀瞻。既嚴寶殿，以居覺皇，盍構高堂，而播大教。草深一丈，雖云據令而然；花雨諸天，是亦赴機者爾。門風一起於墜地，規摹不減於曩時，椳闑居楔收之無遺，墻壁瓦礫熾然常說。賴有發心人輦金而至，免教除饉；女漫刺以求季運，當興神物。遣樹頭鵶去玄關，巨闢春風吹户外。屨盈壯觀葵山，福履檀度。

小身架僧堂鍾樓

佛體獨尊三界，等虚空，無小大之身；神功密運五丁，破堅頑，出丈六之相。眷遵師肇開靈蹟，逮光叟再闢玄區，廣堂爲墟，須信有人肯構；洪鍾在虡，莫憂無地起樓。但揮美玉精金，便致環材巨植。摘星梯百尺，敢圖卧餘子於下方；聽雨睨三椽，肯蹈騎聖僧之前轍。高門一諾，大筆特書。

天竺金書楞嚴廣南化糧

山中食盡，顧千指之安歸；海上秋深，具一舟而南下。往扣毗耶彼上人之室，使知天竺古先生之家。年穀不登，齋厨已冷。與其近求助桑門饌之者，孰若遠適譯制止經之州。一字千金，筆授尚無忘房；相二輪並轉，鼓舞當有待神龍。莫問船來陸來，要圖粥足飯足。有田生福，住法在人。徵七處無心，正吾儕飽齁齁地；得五羊春色，看滿面喜欣欣然。開首楞妙定之門，受大地黄金之供。

蓮寺羅漢會香燭

人師子授普明佛記，勑爲叔世津梁；水牯牛開閻浮福田，拽起春風犁耙。萬象起舞，群衲具瞻。銅盤吐紅蠟之光，寶篆裊碧煙之縷。還它孔方兄，肯心供養；便請毛錐子，點首承當。金錫擁層雲，鷲覺苑一團和氣；【三】石橋灑飛瀑，沛清源萬室恩波。儻遇知音，不妨領話。

慈興生辰行者華嚴懺香燭

慈興統百二十伽藍，猶天王下視列國；閟宫頌萬有千眉壽，適老人獨現一星。歸美報功，即真明俗。開碓觜花而千燈不盡，入法界觀而五分普薰。誠哉此舉非常，必也大家隨喜。惟黄金馬。孚之爲富母作神羞；曾爆牲鷄，卜之乞靈來聆梵教。

龍華佛殿化舶户

覺皇殿擅一時之壯麗，問諸方誰似龍華；壺公山苦群盗之擾攘，使勝境化爲烏有。方玉石舉歸諸燼，而龍象無所於家，海衆散之四方，天人泣其如雨。視一刹均失之莫救，哀此殿獨壞於垂成。興復在余，纔還定安集之日；經營是責，又拮据捋荼之初。聲不停斧，蒐材于林；工無告勞，陶瓦如積。立其大者，以宅西方之僊；臨而巍然，猶在中天之闕。奈凡百皆不資之費，儻萬一有樂善之家，所幸賓鄰，寔惟佛國。俄鯉魚起風，吹舶海交集；即鴟吻入雲，與幢峰争高。寄聲謝諸公，毋但買緑珠而滿斛；當時覆一笠，猶能感黄屋於後身。肇新作普光明之場，成佛盡一闡提之數。

用平東禪山門

鼻祖闢鍾鼓，玄區大興馬簸箕之法道；開士提文章，正印獨振權書橱之家聲。來鎮壓於兹山，洗空愚之末學。某人雙眼帶螺江碧色，寸心湛龍井清泉。宗説兼通，爲當今第一流人物；葛藤盡掃，曾坐斷千百衆版頭。既行道威音已前，盍出世覺城東際。如星如鳳，快争先引領之具瞻；有神有龍，作説法匡徒之輿衛。願拈香瓣，遥壽蘿圖。

古歔蓮寺山門

長者蓮鄉百廿刹，發現佛世優曇；法王寶界第一人，全歸趙國白璧。光價過前十倍，觀瞻快我争先。某人名蜚八方，道大群物。説禪曾獨對泥像，好賢屢高築金臺。一曲奏韶陽，類夫子反魯正樂；大笑歸方丈，輕淮陰定齊假王。事有至難，天固自定。忽春風寒灰鼓焰，俾法社累卵獲安。披信衣，念庭翁，看輓回古道顔色；樹勝幢，高石塔，坐彈壓舊日封疆。歡動門墻，壽衍宸極。

秀佛惠上禪　號松溪

斯文丁季運，續佛慧命，猶髮引千鈞；老眼閱人材，司月旦評，類鏡含群象。此郎顧非凡子，致師可張吾軍。某人百花盡處，長松獨高。紅塵截斷一溪流，出入蓬萊，置僊翁藥籠，世不知名；跨蓮苑吹老子布毛，身寧久隱。我當用射雉之一矢，爾母苦屠龍之三年。乘時莫謂偶然，起家從此始矣。故鄉榮錦衣行晝，輝光照溪上之青春；壽山與虛空同年，拈提祝日邊之黃屋。

輔首坐慈氏庵檀越

峰高鷄足，走群山而下趨；庵小牛欄，得一老而彈壓。巖崖亦有佛法，吾道輓回陽春。某人道行威音，迹半天下，起節翁家世，驥之子，鳳之雛；挺竺國人材，馬之羿，虎之缺。看斬新懸末運慧照，肯時蹔開中道化城。時至理彰，公來山重，入門洞見真彌勒，信上天下地之都無；當機靠倒小聲聞，擅曠野深山之所住。少慰吾宗香火，永壽大國蘿圖。

恭藏主師子巖

法窟踞金毛，無獸蹄鳥迹之交道；輪山來白足，襲荷衣松食之高風。盍此卜居，爲吾宗主。某人土苴萬事，冰蘗半生。脚跨鷲峰，登東山而小魯；力探龍藏，摶北海以圖南。深藏肯明月之暗投，一笑指白雲而歸隱。煨芋豈圖天詔，蓺木聊蔭歲寒。弔宿草翳書堂，歐陽生尚留陳迹；任天花繞禪榻，解空老何必繁言。拈一瓣香，祝萬年壽。

石室巖鑄銅象清信請華嚴講師

大經卷未出，睠勞生塵破之無時；少金剛不銷，冀圓教聞熏之成種。於此見法門廣大，而吾免苦海漂沉。猊床一音，龜木萬劫。某人機奪亮坐，主虛空解講，氣與峨眉山秋月鬭清自聖，不知東土有華嚴菩薩，人招輒往南州，愛佛國舊游。拈來觀國師，曾舉話頭；了却黄涅槃，未圓公案。春回石室，雷破銅山。看烹鍊佛祖爐鞴之宏開，作濟度人天津梁於悠久。塵説刹説，盡大地是十身舍那；性如相如，融萬境歸一真法界。大明佛日，永壽堯天。

南山庵成傳經用平普説

采菊見南山，架數椽作市廛之隱；化城通寶所，饋五漿飲道路之人。經晝有年，落成此日。傒導師來，先敷妙法，俾好徑者，同履夷途。某人氣清海上神山，心皦雲間霽月。睎陳尊宿之聲價，造門有類登龍；奪光狀元之機鋒，没石始知非虎。念康莊新開飯店，嚴像設如峙金山。姑爲人天有漏之因，罔契瓦礫無情之説。雷轟衆蟄瓣香，願拜下風；經出微塵千偈，旋聆翻水。當陽直指，慰我渴心。

僧男薦母珠老演法

蒲草編鞋，未效陳睦州之孝道；蟠桃著實，莫淹西王母之僊游。借重司南，全提向上。某人腰寒庭雪，眼碧天池，奴菩薩婢，聲聞高步，出毗盧之頂；初處女後，脱免横機，猶孫武之兵。慈雲方幕於覺場，寶月正規於長夜。盍握飛花之麈，曲憐值木之龜。道若天然，尚援阿孁之滯魄；余何人也，儻聞半偈以捐身。衆耳已傾，一音遥震。

僧男薦父恭西堂演法

種藕花而入浄社，父已返於樂邦；負棺槨以就闍維，我獨慚於皇覺。莫抑終天之痛，賴有説禪者來。某人眼明真莧，下宗師貌古，類畫中羅漢。鉢盂安柄，拈起處五味俱香；鈯斧住山，放下時一錢不直。清節映丹霞山色，餘光分白鷺門頭。念先子久發菩提心，奈無人爲説甘露法。喚醒百年夢，一著全提天地先；拔却二死根，大恩難報丘山重。存歿均幸，半滿弘宣。

陳氏女請用平演法

三喪在淺土，帨巾空掩淚痕多；諸天雨新花，麈尾一揮春色好。喜再世人師之演法，眷有齊季女之茹哀。某人麟出爲祥，魚潛孔炤。韾低高韻，湖東去作主人；忽念故廬，雲下歸求寒趣。既已凜清風而厲隤俗，何妨分明月以照潢流。雖生老死誰復免焉，奈父母兄我其瞻彼。白足乘時登寶坐，高唱道聲；黄泉無路接沙堤，願憑法筏。外孫同懇，右拜良勤。

觀音主者請戒

出家大事，固女子之所難；受戒終身，豈初心之敢忽。詔諸徒有如此者，爲大德蓋亦念哉。某人南國歸來，一笑分蔀林風月；北山老去，深居臥石室煙霞。既全體是清浄身，宜度人於濁惡世。闡十支之佛制，猶從金口親聞；在百夏之尼身，願爲白足作禮。傳度多幸，軌範是瞻。

薦陳安人蘭盆明心主壇

割愛辭親，敢謂他人之母；銜哀報德，實尊吾法之檀。言告同袍，以集冥福。某人明心是佛，何論采叔氏之神通；出世爲人，豈泥盂蘭盆之法會。而又揄揚梵唄，是亦隨順世緣，哀哉若人，余之施者。雖三輪之空寂，奚以報爲；然一訣於死生，可無資爾。啓法界聖凡之會，及新秋風露之初。悽愴焄蒿，景福肸蠁。微千金以報一飯，空懷漂母之恩；列百味而供十方，願捄青提之苦。佇聞玄唱，高據梵壇。

金山供薦父開壇（代）

靡瞻匪父，曷從地下之龍舒；嬰戚于天，盍叩人中之師子。届五七虔脩水陸，磬方寸期貫幽明。某人瞀轉虎丘機輪，氣呑餘子；親得茶陵珠顆，光照十虚。聿來蓬蓽窮居，曲睠蓼莪哀思。灑淚雨感父書之手澤，啓金山賴法道之津梁。具禮設壇，待吾師如拜大將；生天成佛，冀先君不後他人。願澡塵心，佇聆梵教。

金山羅漢開壇

冥漠五七間，孰拔先君子之中有；神通半千數，群來菩薩僧之上乘。借重同袍，延致此客。某人粹温，真藍田白璧，將十襲而固難痛快；透楊岐金圈，顧餘子之莫及。既以音聲，長爲佛事，是宜舟筏，廣度迷津。乃今開金山水陸之科，及此盛桑門伊蒲之饌。出家有子，父兮必登天堂；應供分身，尊者願同江月。登壇一唱，萬籟俱瘖。

羅漢齋開壇

孤女銜哀，敬設五百僧之飯；高人唱梵，遥開三七日之冥。正爾登壇，敢辭下拜。某人心匪石轉，德與溪清，雙象峰前三脚驢，慣曾倒跨千家甕，裏一輪月，盡喜相逢。眷我先君，始即長夜。法筵秩秩，摳衣瞻鴈宕之雲；金磬鏗鏗，洗耳聽魚山之唄。師今母讓，衆所樂聞。

羅漢接茶湯

昊天恩重，人子莫報於涓埃；甘露門開，尊者廣攝於一切。喚六帙老親之夢，【三】飛六環金錫而來。曲睠芹誠，虔修茗事，挹春風而爛煮，與白雪以同清。舌端具眼，莫惜品題，椀面凝花，何須剪刻。秖今便喫茶去，透過趙州之關；個是新汲泉來，仿佛天台之瀑。願憑微供，永作勝因。

白華孝子親喪，已及於七旬；碧眼胡僧法供，敢虧於四事。式陳湯藥，粗見精誠。千金秘方，雖至親莫傳；一盃熟炙，視古人無愧。匪醫王以愈衆生之病，而寸草曷報三春之暉。法馭暫紆，亦不害往天台游南嶽；神通少試，會立見攪毒藥作醍醐。三請殷勤，一來拔度。

羅漢茶

死者不復生，先子已長辭塵世；誠之不可揜，真僧來爲作福田。爛烹三百月團，普供半千雲侣。津梁是望，魂魄可升。少紓兒女子之悲，俾獲人天道之樂。信芽初發，春風吹一寸心；法馭齊驅，驚雷破衆蟄户。儻垂熱啜，深佩寵光。

解夏

九旬猶九載，之功不在禹下；一衆同一鞭，之著常恐祖先。以勤苦而有成，幸制期之云滿。人人佛位，法法真心。伏願夢果既圓，蠟人冰掃除不用；頂光長在，白傘蓋覆蔭無窮。

祈雨

彌月不雨，天意何如；大旱望霓，人心政爾。視田苗之欲槁，惟粒食之所關。爰叩帝閽，儻蘇民瘼。伏願天符夜下九淵，起久蟄之龍；膏澤日流四海，見太平之象。

謝雨

瓣香精禱，俄然合膚寸之雲；一雨普滋，豈止活斗升之水。惟天視民，其猶赤子，忍魃爲虐，殆非素心。矧田家作年計之在春，而大國祈天宗之不莫。有來霡霂及秧疇，既拆於龜紋；繼以涵濡俾穡事，終符於魚夢。亟圖歸美，尚冀疏恩。三日爲霖，益見上帝好生之德；百神效職，當推覺皇救世之心。

禳灾【四】

鬱攸示變，豈玉石之俱焚；倏省避灾，【五】蓋天人而一理。睠桑蓮之寶地，控桐花之古城。屬者上峰，忽報八人之過市；矧兹比屋，敢圖多士之奠居。神龍其來，畢方俄去。當我國晏然之日，彼自讙嚚；惟君子惕若之懷，吾無咎悔。禮真身於窣堵，置火官於崑崙。終古無虞，斯心永感。伏願融風不扇，旄倪歌萬井之春；甘露常滋，龍象得四禪之樂。

副宣慰南征歸謝佛

頃因南寇變起非常，忝貳中軍；法當往伐道泉而出，見塔有光。即致禱于蓮宮，冀早清於邊圉。感大慈之加護，士有推鋒；俾元惡之就擒，兵無血刃。是惟佛力，夫豈人爲。及此日之來歸，如初心而報謝。伏願俯垂鑒念，時降吉祥。大軍之後，凶年轉爲樂歲；普天之下，王土何有亂臣。庶使某觀其泰平，老於安樂。無矢石之勞頓，惟香火之依歸。

大雄殿禱雨

旱既大甚，哀哉同業之群生；天且弗違，瞻彼獨尊之大聖。蠲其罪悔，願以慈悲。竊見自入春來，三閱月矣，得時雨之日少，得恒暘之日多。況今麥既穟而未登，稻始秧而將槁。儻斯時不蒙布澤，則噍類烏得無饑。山林不廢於憂民，鍾鼓遑安於坐食。爰出微塵之卷，以來三日之霖。伏願十身證明，衆志悃愊。即看娑竭寸心，涌大悲之雲；豈獨閻浮一方，承清浄之水。

庫請觀音雨

某茲以綿薄，出司劇繁；人士既稠，財食莫足。惟入之多寡，視歲之豐凶。儻不有秋餒，我萬指屬者，祇職云始，瞻衆是先。奈虐魃之爲灾，俾田畯之無喜。將恐將懼，如焚如惔。嘅赤地之彌時一何其久，爲蒼生而請命將責夫誰。甚以夙心，竊亦有志。使一日膺財穀之寄，必三時有鍾鼓之聲。胡爲今茲，不副素願。敬惟菩薩，以大悲行廣攝一切，入法空慧，永度衆苦；視群生之養痾疾痛，若切厥身。凡禱於水溢旱乾，靡虛其應，而此荼毒，是宜眷憐。然慮速尤之端，寔關同業之感。匪求加護，曷克湔祓。惟我皇覺現盧舍那居寂滅場，演華嚴教七處九會。難議難思，行布圓融，相即相入，爲一乘之至極，乃萬善之攸歸。載思其佗，莫尚乎此。遂形懇惻，少出衣資，拜苾芻十人，轉雜華十部。爰來甘澤，以沃渴心。伏冀去沴召龢，轉禍爲福。楊枝在手，灑一雨以何難；華藏翻瀾，沛餘波之不盡。浡興嘉穀，迄保康年。

郡倅祈雨湧泉

旱乾有日，孰致恒暘之灾；生物無聊，是維守土之責。雖在貳政，寔關牧民。睠將槁之嘉苗，恐後時而艱食。竊嘗請雨，亦既籲天。俸金屢揮，善果咸集。曾不蒙於感應，豈未罄於忱恂。矢心而祈，以日爲歲，載瞻菩薩，下軫群生。湧觱沸之甘泉，以爲霖雨；化焦枯之赤地，而作膏腴。年穀有秋，公私胥慶。

四郊告旱，甚於捄焚。群望乞靈，靡有答嚮。【六】爰請開士，以澤斯民，果無替於夙懷，是少符於嘉應。乃於開元佛舍，奉安之二日。玄雲西起，片雨東來。一霑灑於昏黄，遂開霽於俄頃。何期大惠，而止於斯。盍罄微忱，罔敢或怠。薄捐一月之俸，載求三日之霖。伏願發惻隱於中心，如泉始達；敷油沛於下土，則苗浡興。豈惟千里之封，以底三登之泰。

助糧白佛

僧無凡聖，俱爲生福之田；檀有法財，宜運等心之供。矧今荒歲，而此稠人，儻不轉於食輪，何以壽厥慧命？遂捐私帑，以濟浹旬，豈望報乎？竊感古人之高義，非求飽也；寔知清衆之素心，庶幾禪悦。之餘斯作，我家之慶。

禳訛火

譌火于城，更相傳告；竇坊近市，豈敢寧居。緬惟天意之儆人，將使躬身而脩德。無虞於後，有禱是先。熒惑皇君，伏願體我佛之慈悲，蠲群生之罪悔。方其曲突，宜恩澤之必蒙；及未燎原，蓋樸滅而甚易。堂堂海衆，無遺其憂；赫赫火官，各安汝止。

蒙堂禳灾塔

同居有衆，以旱而饑，苟活于兹，伊誰云恤。抑又相傳謡火，適丁凶年。既虞家難之多，復恐天灾之及。輿情若此，吾法謂何。縱劫燒之有時，我土不毁；矧訛言之無據，衆人是疑。甚以學佛之數多，豈無如丘之禱久。靡三毒之内感，何八人之横來。然稽諸儀，亦有從衆。爰輯養蒙之名勝，載瞻設利之毫光。前吴回，後炎皇，毋涉吾地；上諸佛，下菩薩，願救衆生。匪圖一方之奠居，將使大地而無害。惟修德於將懼，迺銷患於未萌。伏願睠累卵之秋，借神龍之護。遂令此刹，隱若泰山盤石之孔安；况在吾儕，不爲焦頭爛額之上客。

散塔水陸加持告天地鬼神

天蓋高而必局，矧有民訛；火不戢而自焚，盍思内疚。故吾儕之脩省，當彼蒼之疾威。載籲佛慈，上回帝怒。伏願勿追咎於既往，即銷患於未萌。三舍匪遥，却南方之熒惑；曲突爲重，謝上客之焦頭。俾我蓮宫，永安盤石。

今兹譌火，酷哉民言，維我梵宫，脩厥佛事。禮十會之寶塔，出一衆之丹忱。散之清齋，告爾后土。伏願火皇入地，庶令佛日之揚光；神物護人，母俾融風之肆孽。合龍象同居，吉祥攸止。畢方一見，變怪横生。每云静定之不驚，何意譌言之有擾。合謀于衆，爲福以禳。伏願載瞻相輪，一洗氛祲。拔苦與樂，固知吾佛之心；捍患禦灾，是亦爾神之職。儻肯來而呵護，永無困於鬱攸。市過八人，初無徵驗。虎成衆口，是有危疑。遍禱神祇，具修福德。亦霑丐於萬鬼，庶延集於百祥。伏願視此法門，寔甘露之流澤；於吾分野，何熒惑之吐芒。等與群靈，永處樂國。

然塔燈報蠲役詔恩

介天子之萬壽，吾法寔尊；同浮圖於四民，有司何甚。宜聖明以萬機之暇，宣意指于群下之人。自我祖宗崇其教道，既蠲役其來尚矣，何于今不得免焉？華使亟馳，綸言具告。一依成制，無粟米力役之征；凡在空門，去黨正里胥之額。彼有粒食，則爲國家常住；或徵歲逋，惟爾方面重臣。母苟譴訶，使安禪誦。況又置疑丞于宣政，來師傳之法言。莫不興利除害於釋宗，將以顯正摧邪於季運。此蓋一人，體佛心而致治，合天下以歸仁，故令方外之臣，亦沐殊常之寵。臣僧抃舞，有是遭逢。藂林草木賤微，靡由歸報；石塔燈火照曜，深冀證明。伏願天龍護持，國土安隱，重法王之大寶，俾壽俾昌；振藝祖之弘規，可久可大，數閱衣石，位永金輪。

讀華嚴

温陵釋大圭謹於辛未歲四月之望，汛埽瓮天之室，取大方廣佛華嚴經，薰盥而讀之，以日不輟，至八月之望，合十有五徧，以保母林兩目瞭然復明，疏其意，白佛如後。伏以母氏聖善，胡中年而喪明；吾佛慈悲，幸一夜之刮膜。昔聞金篦之應，玆罄丹悃以祈，開雜華不亦善乎，迓陰相何其久也。縱老親未蠲宿障，而人子然且出家，諸佛菩薩，慈愍我故。伏願以功德多爲罪業贖。【七】無天眼半頭而發，以至聖賢；有浮根四塵者全，斯同人世。大圭敢不益勤白業，仰答洪庥，第無任懇迫惓惓幸願之至。

讀上生

至正十一年辛卯之歲，釋大圭所讀上生經千徧，於是焉足，迺然香散花，致敬慈氏如來，以求洗去宿障，爲觀法之助，冀其一報，得生内衆，謹具疏如左。伏以減劫爲人，顧後時之無樂；上生作觀，期來世之有歸。庶幾晝夜，轉不退法輪；罔俾身心，造諸有結業。繇因至果，在麻之蓬。恭願慈氏如來，眷言我等衆生，攝以慈善根力。雖器破水濁之者，何應身月而不來；於鍾鳴漏盡之時，儻天人華而或見。大圭無任拳拳依歸之至。

護戒經塔

是歲之春，大圭始稟僧戒則，誦經禮塔以護之。至百廿日，其金剛者蓋千徧，而舍利亦既八萬拜矣。有疏。

身口有禁，固衆人之所難；形壽爲期，而在我之當勉。蓋三僧祇修，集善法以一木；又惠施將來，永爲常住之大師。是出吾佛之深意，敢勤禮誦，兹告權輿。伏願魔障不生，定慧日長。起於初步，觀萬里之此行；護彼浮囊，遂中流之攸濟。發心齊佛，含識有歸。

余十有五時所製，覽之殆昨夢，然其初學佛，亦庶幾有志者。迄今老而無聞，將其資之下，不可強也。慨然余心，何日忘之。辛卯秋。

薦先讀經

大圭伏爲先休庵公，迺今七月之望，連讀大品、涅槃二經，以薦冥福。

生我者父，莫報萬分，匪莪伊蒿，徒名一物。惟日月之云邁，有霜露之深悲。既洗心自訟之餘，誦出世聖人之法。爰憑空妙，以濟幽明。所願先君，居士不昧。正因深達法性波羅，無彼岸相；尚何生死之不空闡提，亦成佛人。而況信根之已具，迴出五濁之表，翛然常樂之鄉。

誦菩薩戒

大圭以菩薩戒爲根本者業誦之，期萬遍而後已。衆生具佛性，戒本不成虧；一切即蓮華，臺初何演説。奈惑業之幻有，斯教道之爲防，繄菩薩律藏甚深，矧舍那師傅尤重。顧我何者，終身誦之。伏願念念皆真，光光不盡。或因梵網，了世界法門之多；咸浄尸羅，無波夷輕垢之數。

印虚空藏觀經

大圭所印虚空藏觀經附之卅五佛懺者，馴至千本，廣施流通，所陳如後。缺一戒置之棄人，夫豈本意；統初機脩其圓觀，蓋亦深慈。俾見群聖於天冠寶珠，即銷衆罪；猶朝日霜露爲教之大，副墨以傳。伏願彼君子兮，願與衆生之有盡；

我丈夫也，身證虛空之無邊。凡在見聞，一歸真浄。

慶天象

釋圭象多聞天廣利佛舍，以兒時爲之，不果而象之也。先處士睥聞而配之韋馱天，象既具成，不克展慶，而睥没矣。圭迺請僧誦蓮華經以慶之。

象護世之一王，詎同兒戲；酬積年之微願，母作神羞。蓋雖小善而必爲，抑勿前言之無信。眷兹廣利，嚴事能仁。有侍側者二豪，固大人先生之何與；得禦侮於四友，豈文王孔子之不如。故吾肖毗沙之形，而睥作韋馱以配，何幽顯一云殊。致即慶讚，有所不行，乃演妙經，以壽天德。伏願拯斯文之將隊，俾善類之有瘳。福德多聞，或庶幾於萬一；童真精進，其是似於再來。果如所云，存没之慶。

保安（代）

好生惡死，人情之常；興慈運悲，佛道之大。以常而告，惟大是容。屬者仍歲儉荒，人至相食，闔境饑疫，尸積如麻，何時運之若斯，而禍亂之不已。鄉邑民皆苦賊，樂爲之驅；城池日以就危，嗟其誰救。顧微躬措之何【下闕字】

薦陳安人盂蘭盆會

外護有檀，寔以佛僧之重；心喪無服，在乎恩義之間。痛惟潁川之淑人，莫起岱宗之沉魄。迺依竺教，爰啓蘭盆。來自恣之聖賢，駢羅十界；諒不疲於津筏，升濟七旬。伏願三輪等空，百味具設，丘之禱久矣。匪資薦於今，兹母豈望報乎？將解脱於一切，盡解倒懸之厄，〔八〕永爲常樂之歸。

代葬母前謝后土

辛勤負土，以爲吾母之墳；訶禁不祥，是出爾神之力。既卜良辰而安厝，盍先司地之答酬。爰集梵勳，式贊靈德，后土神祇。恭願無灾無害，何憂乎下蟻上鳶；不騫不崩，其護以左龍右虎。惟后土之寔鑒，慰寒泉之永思。

青詞

陳氏女薦母

高堂已傾，痛歸寧之弗及；昊天未報，奚銜恤而獨生。罄竭鄙誠，歸依大道。痛念臣妾妣王氏，蚤更世難，素閑婦功。既嬪先君，久覺如賓之敬在；亦有主器，晚嗟從子之望垂。饔寢靡遑，户門是保。雖九齡之數，遂在桑榆；而一寸之心，不移冰蘗。忍死徯諸孫之成立，及兹幸素業之有傳。方云滫瀡之屢豐，或滿期頤而未艾。胡嬰沉痼，遽間幽明。念母氏勞苦之寔多，矧女子有行之已久。必敬必戒，言在耳而敢忘；無罪無辜，禍于躬而斯酷。以親年其亦何憾，傷死者不可復生。俛仰閲三七之光陰，號叫徹九重之閶闔。伏願帝心軫苦，鬼趣拔幽。庶幾歸天之魂，逍遥真境；時蹔乘雲而下，來還故鄉。

子薦嫡母

寘余于懷，恨爲母子之晚；續淚以血，況在髫齔之年。上叩彼蒼，内顧何恃。伏念臣嫡母陳氏，夙夜警戒，終始静專。凱風之母劬勞，莫方萬一；江沱之嫡悔過，何翅倍蓰。眷我生之不辰，謂先祀其如綫，愛猶己出，笑見身長。儻非吾母之能甘心，不屢爲所天而置側室。期於有成而後已，烏得今日之如斯。孰謂方歌，攸芋之新居；不幸遽哭，維行之長子。因而成疾，竟俾弗瘳。胡賀弔之不常，痛死生之亦大。摩挲削杖，眇焉殆不能勝；棄置杯圈，飲之又豈敢忍。爰上緑章之封事，粗見白華之孝心。伏願上帝監觀母氏聖善，循法度而承先祖；素既無尤，不妬忌以有子孫。今宜蒙福，超度下土之魄，遨游白雲之鄉。

普度

今古一觀，每人間之日短；【九】賢愚同盡，徒鬼趣之夜長。自非大道好生，則是無時普度。諸孤魂衆，亦既在世，類皆有知。俄生死之循環，竟成異路；不智慧之返照，自失本心。宜其抱永劫之饑，曾無享一朝之飽。或黯然悲風雨四野，或孑然立霜月一天。山顛水涯，草間松下。錮重陰而已久，白日何知；嬰積苦而不休，青天永隔。及秋凉之方入，何人心而不哀。必先飯以道德之腴，使得安乎性命之正。伏願爲有生而請命，惟帝念哉；俾游魂而不孤，于胥樂矣。無小忿懿親之間，爲長生久視之歸。

左翼報捄荒

凶年饑歲，奈既失於軍儲；志士仁人，寔下哀於卒伍。何以云報，惟叩益高。伏念臣某等，素稟顓蒙，粗學軍旅。苦邊烽之屢警，久事前驅；幸凱奏之言還，忍爲内顧。或相失於父子，至不保其室家。何肉食之無謀，斷廩給者數月。雖有貸監河之粟，終難起涸轍之鱗。瀕死告誰，望旻天而號泣；好生惟帝，遣德星而照臨。觀其解一時之紛，真若寄千里之命。積弊頓革，荒政必脩。恩斯勤斯，匪直閭閻之下；飲我食我，免同溝壑之餘。在一飯盍念損軀，況三軍皆如挾纊。載嚴醮事，爰薦鄙誠。伏願茀禄，佑啓我後。安危繫一郡，【一〇】喜矍鑠哉是翁；經濟有長材，當掃除乎天下。

上梁文

新居上梁文（代）

兒郎偉！父言在耳，敢圖兄室之弗居；家食有年，自覺吾廬之可愛。凜焉恐先祀之廢墮，眇然任肯搆之艱難。今兹作新，于以將老。雲橋老人，拙於趨世。生而在山，幸陶先人詩書禮義之風，無涴餘子膏粱綺紈之習。於城不入，欲效德公而未能；以善自名，當視少游而無媿。晚方得子，粗可慰心。雖有庇風雨之敝廬，何以傳箕裘於來葉。遂撤庳陋，以就高明，揖西山爽氣之來歸，迎上天景光而下燭。奔走群工，斬木運甓，指麾一日，成屋奏功。後有寢處之室，以畜妻帑；前有燕游之堂，以會賓客。琴書左右，雞黍春秋，豈爲一丘一壑之自謀，庶與諸父諸舅之時集。三十年而有此屋，亦將使兒輩之知；廿四考以在中書，無足易山中之樂。載揚俚詠，爰相匠斤。

兒郎偉！抛梁東，縹緲樓臺曉色中，中有雙清留好語，至今猶著碧紗籠。

兒郎偉！抛梁西，一峰矗翠與雲齊，遥想令威千載後，飛來華表上頭棲。

兒郎偉！抛梁南，極目吟疆野興酣，靈鷲雨晴來獻狀，無窮佳氣在精藍。

兒郎偉！抛梁北，真人符印藏青壁，風馬雲車時往來，倏忽秖應周八極。

兒郎偉！抛梁上，矯首昊天深悵望，里人滿口説山翁，傾洞當年爲保障。

兒郎偉！抛梁下，後日輝光看子舍，且須書案聚流螢，不作高門來駟馬。

伏願上梁之後，坐有麴生，門無暴客。鑿而飲，耕而食，同身世於帝民；居之安，資之生，策功勛於聖世。

校勘記：

【一】皓月映寶花之坐　「映」，底本作「暎」，「暎」同「映」。

【二】靄覺苑一團和氣　「靄」，底本作「藹」，據上下文義改。

【三】喚六帙老親之夢　「帙」，底本作「袠」，「袠」同「帙」。

【四】禳灾　「灾」，底本作「烖」，「烖」同「灾」。下文「奈虐魃之爲灾」「復恐天灾之及」之「灾」，亦如是。

【五】脩省避灾　「灾」，底本作「菑」，「菑」爲「灾」之古字。下文「孰致恒暘之灾」「蒙堂禳灾塔」「捍患禦灾」「恭願無灾無害」之「灾」，亦如是。

【六】靡有答嚮　「答」，底本作「畣」，「畣」爲「答」之古字。

【七】伏願以功德多爲罪業贖　「罪」，底本作「辠」。「辠」同「罪」。

【八】盡解倒懸之厄　「懸」，底本作「縣」，「縣」通「懸」，故改之。

【九】每人間之日短　「間」，底本作「閒」。此處「閒」同「間」。下文「草間松下」「無小忿懿親之間」之「間」，亦如是。

【一〇】安危繫一郡　「繫」，底本作「係」，據文義改。

夢觀集卷十五

元温陵釋大圭著

牓

嵩公蓮寺茶

鳳池積乾坤清氣，産靈苗，爲越侯蒼璧之珍；龍井借雨露恩光，汲新泉，作天台乳花之瑞。渴心頓洗，春色方新。某人斷崖横出一枝，教府斜封三印，槍旗曾展鈯，斧子未稱全。提聲價深藏石門關，固難遮掩；收爛石寸牙之不易，奈黄園百草以咸知。松風韻魚眼之餘，寶月分螺江之照。真甘露味如在山時，世上没眼禪，喚醒於官焙正香之際，會中僊陀客，開發在玻瓈未舉以前。騰六葉芬芳，俟九重題品。

古竝蓮寺茶

紫雲特產靈苗，姓字經帝者師之題品，淳風初復，元古蓁林。見大庭氏之泰平策勳，不動槍旗，騰香已徹輦轂。某人傳家清白，正味森嚴，苦心從深雪得春，散作普天穌氣，辯口寄落，瓢翻地迴。奪前輩玄機，信莧上蒼璧，自重連城，笑人間紫餅，競眩衆目。時至驚雷起蟄，誰道活水藏龍，群兒曹醉夢未醒。願施三昧手，高僧井寒泉方食，大開甘露門，禮樂一新，森羅同慶。

珠老蓮寺湯

黃園釀百花蜜，喜劉郎桃樹之生春；佛海傳三世醫，眷雪山藥王之有種。點出人皆苦口，呷著佛也皺眉。某人經驗九重，飽參一味，類神僊甘流石髓，非枯枿蒸出菌芝。天池深處覓得寶方，千金不换；辟支壇前曾搗塗毒，衆品推尊。家信忽寄，當歸禪侶，願霑甘露，舐鼎化雲中鷄犬，煎膠有天上鳳皇。用沉和麝忌之適中，洗心根法塵之宿疾。洛水攪爲酥酪，佇看瀾翻拄杖頭；蓻林純是旃檀，坐聽風來塔鈴語。一盃熟炙，萬象交參。

南公蓮寺茶

甘露椀香透五雲，獨擅玄圭蒼璧；破砂盆價重九鼎，肯研白土脂麻。驚雷啓群蟄之春，鬬水出諸方之右。某人佛心芽蘗，端叟淵源。千人之儁，萬人之英，新肹推黄園上品；一命而僂，再命而傴，芳名畀靈樹封函。待價深藏，兼金莫售。白眼今時，鉼笙泣蚓，甘心半世幕井，無禽非膏，油首面除，天眼識真。露槍旗鋒鋩，因人心思治。蓻林回元氣，真成大圓鏡之降魔；枝葉剿繁詞，笑舉玻瓈盃而對客。單提一味，詎必三巡。

彭千户生辰天竺塔

千户侯威行南國，氣鍾雙龍，神劒之英；多寶塔光現中天，祥應六矢，葉弧之慶。俾斯文遂重鼎吕，眷吾儕盍報瓊瑶？某官聲名入羽林，笑譚探虎穴，材推跨竈，鄙趙括讀父奢遺書；智若轉圜，得黄石授子房兵法。雖大將旗鼓之未建，而小范甲兵之可知。分屯撫南詔，島夷樂業，盡潢池赤子，及瓜有喜。杕杜已歌，鄉弊刹二頃膏腴；幾歸白券，非大方九里河潤。詎復青氊敢圖，放箸忘恩莫效，推鋒報德，祥麟朱紱。前中秋七日之佳期，丹鳳景，星光盛世，一時之快覩，爰批蟻悃，永翊雄飛。揖細柳真將軍之英風，望天竺古先生而下拜。伏願身許凌煙圖畫，壽逾彭祖春秋。軍中用雅歌，投壺樽俎，可折衝於千里；肘後懸金印，如斗鋒車，趣入覲於九重。

監録蓮寺塔

髯參軍手提録印，布桐城十萬户之春陽；多寶佛光現相輪，作蓮苑百廿區之祥瑞。稽顙投地，銘心感恩。某官廉而不煩，仁且有勇，兄爵早登帥閫，季孟臺省之諸公，弟名特冠斜曹，父母閭閻之百姓，家聲從此大矣。善政于今藹然，聿正綱紀，視觀方略，判筆花生而春回簡牘，訟庭草滿而晝卧桁楊。砥礪斯民，謂魯變必至於道；城池吾法，以佛教可治其心。念水族鱗介之甚勞，掃吏行鴈鶖之旁睨。案堵允憑堡障，聚沙少答涓埃。伏願海運神鯤，風翔義鶻。一札紫泥，催赴闕聳，重瞳日角之具瞻；七層金表，峭摩雲祝，五福龜疇之有永。

高千户天竺塔

帝敕忠義侯，英氣壯南軍羽翼；世現高王佛，肉身作中竺城池。乃今多士之歡顏，實拜寸田之種德。恭惟某官譙中人物，山西將材。結髮學兵家流，盡發六韜之秘；厲志繼父祖業，遂襲千户之封。襟懷如水，不芥勇功，譚笑回春，坐銷鋒鏑。日以受命而出，是惟寓兵於農。正狼煙之夜，驚軍彼南土；忽鴈澤之春，滿歸我大邦。護吾田不爲鼠竊狗偷，致今日得以鍾鳴鼎食。昔人懷一飯，況獲飽以終身；陰德在百年，尚衍慶于厥子。挹瘴鄉歸來之旌旆，報恩波浩蕩於涓埃。雲净五天，虹吐七級。伏願歌南仲以光小雅，行推執訊獲醜之元功；用叔子而殿中軍，永享緩帶輕裘之晚福。

胡掾觀音巖塔

三語掾雅稱名流，人品望南州之大府；七寶塔復現古佛，毫相光北阜之精廬。監照中誠，疇答外護。某人清白如古循吏，步驟有乃父風。讀律讀書，了和仲之萬卷；乘車乘馬，樂少游之平生。雖爲子弟，出千户侯家，而見顏面，無一毫驕色。州家之辟書方至，邑事之最績久聞。行符佛心，信篤吾教，小巖坐華冠大士，此時失紺宇莊嚴。眼前見蓁林荒寒，重公感慨；筆下得陽春迴幹，有殿落成。龍象之泣遂收，烏鼠之害攸去，永依保障，同禮堵波。伏願大年享春秋八千，陰德活生靈百萬。蜚聲在今日，贊畫諸以爲幕賓；策勳及古人，起刀筆而拜相國。

里正塔

黨正禦患捍灾，[二]作堡障以安晋鄙；古佛放光現瑞，瞻塔廟而重泰山。恩德是用報疇，老穉相與呼舞。共惟某人，金玉器質，詩禮家聲。入事父兄，夙夜盡子弟之道；愛護鄉里，始終推長者之心。睠彼聚仁，逮兹永福。雖境土之不遠，山亦既多；日刀斧之相尋，木何能美。借片言可重九鼎，却群兒莫睨一根，使知周官厲禁之嚴科，庶保夏屋棟梁之大器。勿翦勿伐，歲寒看松柏後彫；相助相扶，古道復鄉田遺意。六矢慶逢觳旦，七級翹望相輪。伏願君子儒非小人儒，封植見育材之量；里社宰猶天下宰，設施回及物之春。

晋邑尉塔

晋邑賀一尉得人，百里不鳴於抱鼓；商户有十金常産，寸心實畏於簡書。感爲辯小夫之巧誣，願脩敬真身之設利。恭惟某官，西域間氣，上國長材，富春秋已覺老成，備文武尤深方略。席父蔭而膴仕，獨擅克家；從王事以賢勞，薦更捕盜。頃得官如梅福，大推恩於晋人。曲睠吾儕，實爲編户，屬大國新寬於鹺賦，致下民遂籍於客商。煮海爲鹽，信地示之不愛寶；相時射利，豈君子所以理生。蓋公召而令之，實衆視其嚴矣。方發鬻之，與民間足用，何無良者，以官物爲私。是惟謗生無根，幾至身陷不測。指鹿爲馬，宜莫逃至公至明；謂鼠無牙，遂頓清我訟我獄。儻曲直不分於兩造，而利害乃關乎一鄉。此時覩豸角之觸姦，相率起㲋藻而同慶，歡聲雷動，都邑瑞光，虹貫相輪。伏願督捕功高，騰踏路闊。自一命至八九命，不日看名位喬遷；過百人與千萬人，當世讓英雄獨步。

後山陳家薦祖父金埭塔

淚灑後山雲，念王父抱孫之厚德；毫輝中印月，鑒童子聚沙之寸誠。爰憑金埭，高流庸作，寶池度筏。某人心游太古，貌盎陽春，獨卧高樓，家世聯湖海佳士；閒居下澤，姓名推鄉黨善人。看斑衣耀一門琳琅，對白首鼓百年琴瑟。壽甫盈於七帙，[三]福宜永於九疇。適值藍園大聖之誕生，奄隨華岳先生而尸解。二女歸寧，哀興泉水；諸孫環立，仰訴穹蒼。死者不復生，雖百其身而莫贖；善哉孝之大，無念爾祖以自修。瞻七級之浮圖，拔九京之幽魄。伏願上界真人足官府，鞭笞鸞鳳而作散僊；大富長者與寶車，驂駕鹿牛而離火宅。

朱氏薦父泥山庵塔

嚴君地下更無歸女之懷，古佛塔中忽覩真身之現。登泥山而下拜，罷泉水之悲歌。

某人入掾鹺司，歸田海國。樂昇平世，同大漢六七十翁；傳清白家，遺中郎一千餘卷。全達尊之德齒，重老成之典刑。羡考亭得勉齋，俄擇壻暗符兩姓；祝螟蛉成蜾嬴，雖無兒粗了一生。正期晚節如喬嶽長松，争奈耄年而浮雲流水。讀先父書，每慚蔡琰；寫烈女傳，多謝曹娥。衣食仰夫天，曷忘以父爲天之日；津梁求相佛，庶明即心是佛之原。遥指明毫，徑開長夜。伏願髑髏樂如南面后，勿爲漆園吏之寓言；光明殿有西方僊，當與求志君之稽首。

女薦父羅漢齋

疾威自旻天中歲，奪吾父壽考；歸寧賦泉水東風，灑女兒淚痕。超升三七冥魂，延致十力弟子。某人戴履無媿，卷舒有時。德公一生不入州，鄉人知敬；田氏群居無異爨，荆樹長春。厲行蓋今時所難，爲善亦惟日不足。晝静尊前，慣看清客，月明溪上，獨對歸舟。境漸佳哉，將畢諸子之昏嫁；門猶賀者，遽嬰一疾於膏肓。訃驚梅嶺寒雲，步入豐田舊路。父兮不見，何由答舉。女之勤尊者肯來，斯有覬攝生之益。葵心懇切，蒲饌苾芬。伏願洞見普明，永出長夜。生封侯，死廟食，不願烈丈夫之設施；朝南嶽，暮天台，庶幾阿羅漢之地位。

葛氏子薦父羅漢齋諸天會

家失嚴君，凜若杞天之初墜；雲迎梵侶，昭哉佛日之普明。念我何幸，罹茲無怙。痛惟考某人，白頭冰蘖，素志丘園，身世樂葛天民，寸心甚古香火。投匡廬社，三笑猶新。水菽之歡正及桑榆，風枝之痛遽纏苦塊，不可爲也，何日忘之。以五旬啓青烏之書，而千古閟黄金之骨。廣陳蒲饌，供十方羅漢僧；庸假津梁，空一切業障海。諸天振銖衣而同會，孤子批血悃以具瞻。知姓字已挂寶蓮，想魂魄猶思古浪。伏願海上有僊島，效香山居士之不歸；目前即浄邦，見自己彌陀之非遠。

校勘記：

【一】禦患捍灾　「灾」，底本作「烖」，「烖」同「灾」。

【二】壽甫盈於七帙　「帙」，底本作「袠」，「袠」同「帙」。

夢觀集卷十六

元温陵釋大圭著

墓銘

潁川安人陳氏墓誌銘（代）

至正七年夏五月戊申，温陵李皡之妻潁川安人陳氏卒于家。明年冬十有二月甲申，葬州之南紫帽山道德峰之陽。皡以伉儷之重，謹序其事。

安人諱正，字儀一，晋江處士前城公之女。公寛重醇實，以善名，先君故與爲姻好。方委禽之數月，而先君殁，終喪，安人乃歸于我。養所生母吴與兄嫂許皆孝謹。

生女子子三。孟、季嫁爲士人妻，仲爲比丘尼。一丈夫子生三歲而殤，其心以爲先祀之廢絶，如爾先君何？爾先君命爾後伯兄氏，而無息以後，後如伯兄氏何？夙夜若有茹于中，然選置媵妾，薦告不毓。尋洪氏媵有男，安人訢然撫之爲己子，名大中，今十歲，粗知學矣。前年冬，張氏女物故，安人聞則悼念之，過節成疾。一日，使備送終具畢陳于前曰：「吾親見之死無憾。」始以其言爲戲，已而果然。其春秋止五十有九也。安人生而淑仁，喜施予，象佛度僧，矜恤無告。其閫治有法，上承下御，有禮有恩，皥之不逮，蓋多助焉。先是，以落新居，慶曰：「吾夫婦相與勤苦，而有是，其相與燕樂，則自今以始。」不三禩而以疾不起，竟不如吾志，哀哉。

銘曰：相與勤劬，以有室居。棄我而先，將安歸乎？女即于泉，悼女不返。行與女俱，之子之遠。瞻望弗及，有封若堂。爰刻銘章，德音不忘。

故無爲處士鄒君墓誌銘代孫彦周

君諱頌，字叔容，姓鄒氏，其先樵川人。宋進士應龍仕至參政，後子孫徙焉，居莆居泉，而泉爲盛。世有顯人，自進武都尉詠以還，始爲家人詠。生君輔國，初，獨能杜門讀書，號逸休。逸休生廷舉，號怡軒，相繼以善名。怡軒，君之父也。君弱，與伯兄鎮居，父憂，能自致以禮，事母王、祖母黄孝甚，養送具宜人，莫不誦之。中得風痺疾，曰：「吾受天也，不怨。」廛居簡出，爲心閒遠，時蔬食焉，自號無爲子。客至，則留飲，不醉無歸。又能清言，援引古今，輒更僕而罷不識，晋宋間人物相去何如遠也。其終無困苦言色，類尋常時，正衣冠，坐召群子與訣，蓋至正辛卯二月廿一日也。君生己丑，至是六十有三矣。妻孺人江夏氏先卒，子男女八人：曰衛、曰祐，皆有室；女曰浄意，君愛之，以適黄道賢；國朝表其門，孝子者曰路、曰賜、曰回；女妹、女胄，其庶也。孫男三人，女二人。是歲四月壬午，葬南安招賢里葵山。先江夏孺人之世前，期諸孤以黄孝子來謁銘，吾方以官始興秩滿歸，問吾鄉耆舊誰健，人以鄒君對，欲拜之，未暇而遽以死聞，吾其尚忍銘之乎？

銘曰：生而能靖，死而不亂。蚩蚩躁浮，曾是用勸。無爲所獨，得之于天。超然一日，樂哉百年。有崇葵丘，于國南里。歸安其藏，宜爾孫子。

故靖淑居士鄒氏墓誌銘

居士諱浄意，姓鄒氏，先邵武人，後徙泉，世爲泉名家。父頌，號無爲處士，母黄氏，居士其長女也。少失所恃，祖母王氏愛養之，爲處子。父使理家事，輒可觀，曰：「吾女賢，不妄予人。」會同里黄君道賢喪厥配顧氏，聞之而請以繼室，父訢然女之。至則事姑唐氏孝謹，撫顧氏二幼子，慈之如己出，一門雝雝，内外交慶。久之，有司乃以黄君孝其母唐聞朝廷，旌表黄氏門閭孝子，泉人以爲榮。黄君則曰：「孝固臣所子職，而上寵之，作長生宫以報上。」居士則悉奩具佐夫家，宫以大成。

歲時飯道士唐氏觀焉，居士從歸，而與子婦皆樂。其後唐氏疾，居士具藥膳，幸其愈，不食則泣。病且死，居士益哀慕，與君子慎其斂藏，自致以禮，遇拜掃，雖疾甚，必偕顧氏之幼。日長女當行，居士則備資送，恩意有加。男且委粹于人矣，人曰：「居士其助黄君也多乎！」而黄君亦云居士素多疾，自以爲不壽，前作棺穴壙，將没，則起沐浴更衣，曰：「天師既錫號予靖淑居士，今死矣。」第從居士服，勿它飾，遂安寢而没，年四十有一，蓋至正十四年九月乙酉也。明年正月庚申，乃即居士前所穴者，葬晋江縣之東山，原先姑墓之右。

居士爲人深實和敏，動有節法，知微識遠，若問學然，察人賢否，見事利害成敗，言必中，然不可苟言也。尤喜周恤，日不出閫而鋪施德惠于外。歲儉荒，遣行分餉，多所全活，且曰：「我寠媿，不能溥。」初不自有焉，所存大抵仁隱，終身未嘗忍一物，凡生魚若鳥，市不問賈，悉脱縱之。家故有濟舟東濟，上月給庸舟子，於其手不以有亡廢，更若干歲，濟以益廣。然且痛遠酒胾，嚴事僊佛，致諸道人誦佛書蓮華經，至出龍藏之書，使群讀之，其汲汲乎善不足也如此。生子二人，男元生，女元良。居士蓋嘗曰：「吾爲人母也後，吾生子婚嫁必後於前氏。」以故顧氏女既嫁，有子男冠而聘，所生男女雖長，則不在成人列，而居士以没。

銘曰：凡失所愛，鮮不以後母，蓋自古則然。爾爲母也後，乃子其子，而昏姻是先，嗟若是也。母何獨于今，古也無有。子有慈母，姑有孝婦，爾之往矣，宜爾姑左右。

校勘記：

【一】晋宋間人物相去何如遠也　「間」，底本作「閒」。此處「閒」同「間」。

夢觀集卷十七

元温陵釋大圭著

祭文

祭用平

用平和尚下世六日，友末某謹拉朋舊廿有一人，脩薌茗，奠即靈龕而祭之曰：於乎！公以碩材，謙而彌尊。遇人以德，亦莫不親。春風無言，勾萌津津。厥行孔淑，維道之醇。人徒知之，謂鳴以文。公推緒餘，黼黻其身。四方問奇，繭足造門。公志堅高，却掃深雲。室曰「寒趣」，藝惟松筠。自方蒲鞵，家亦姓陳。寸心囦月，浮名隙塵。東山一起，少副衆勤。馳驅既範，娼怒乃群。出不信道，吾何詘身。毅然而退，高風邁倫。胡爲一疾，永寐不晨。緊我數子，道友實敦。歲在龍蛇，同哭故人。時方忌才，人少識真。同時不察，異代悲辛。自古恒爾，願慰公魂。銖香敬祭，載誦清芬。於乎哀哉，尚饗！

祭裔上人

少林首坐裔公入寂之六日，兩序耆宿某等相與具茗饌以祭且哀之。文曰：

於乎！維天生材，更世一有。天所寶之，而人則不。蓁林不古，人心好鬭。老者前趨，少者後驟。其間自樹，既有爲首。前者不援，後者不就。匪惟不就，又潛以搆。匪惟不援，又從而詬。材以不茂，宗以不壽。莫不自彼，亦孔之醜。嗟嗟少林，德寔寵厚。無縱毁譽，無倚胡耇。人之有善，不翅自口。彼哉聞風，發汗如溜。山中保社，寥落蓋久。乃惟若人，扶持助友。胡不百年，竟殞于疚。頹風孰回，善類孰偶。推輓來者，又出孰手。薄薦致誠，歸來乎叟。於乎哀哉，尚饗！

祭示上人

言外示上人正月廿日以疾化後三日，友人某等會哭于瑞像精舍，出香茗蔬果而祭之曰：

嗟子之生，介特寡與。小有不合，不屑徑去。坐以此故，窮而至死。死以不悔，謂天定爾。子不媿天，天實病子。豈無顯通，子耻内友。望塵磬折，蓋子所嘲。有疾莫藏，有荒莫包。衆以爾驁，吾知不驕。與子相知，夫豈一日。我窮類子，子加以疾。更相勞苦，伊誰云恤。數朝有違，終古罔覿。偃松陰陰，維子之室。子乃輿病，于兹巖北。清浄絶囂，蓋棺是息。子今無憾，素願云畢。天生爾材，不壽而顛。徒立奇節，厲俗之頑。人自多可，子行寋艱。人安紛華，子樂靖閑。人慕飫燠，子甘餒寒。彼之瑣瑣，外鯁中孱。苟狥其欲，去觚就圓。剛方爲下，輭媚爲贒。視子所立，鮮不赧顔。我聞子喪，來涉巑岏。求子魂魄，山澤之間。亦既子即，竟不我言。佇立林壑，清風來還。於乎哀哉，尚饗！

祭彬上人

於乎！文所抱道，清素之姿，忍貧潛子之節，行脚曾郎之勤，律身遠公之絜，位雖後於古人，德可配於前喆，緊雲間之多士。公蚤出於闤闠，真老雪之龍孫，纘文獻於將絶，意天昌於斯文。乃挺生於人傑，使耆年有所友，而後生有所法。寧不發其所蘊於斯世，竟使深遯掩關而掃轍。

於乎！頃見厄於河魚，望小却於旬月。當共建於訏謨，補蘗林之有闕。胡溘先於此時，俾我心之宛結。於乎！泉甘必枯，蘭香易歇。豈大鈞之於壽嘏，常汲汲於群孽。歎斯文之已墜，念蘗林之將撤。呰公不來，一香永訣。

祭佛果和上

世俗抱孫不抱子者，以其爲王父尸也。吾教者纘無盡燈之傳，豈止爲尸之量哉？

嗟我諸孫，師長背喪，屢承吾祖，推恩施教，增高浚深，而世俗之王父曷方其萬一也？第我孫枝，不克肖似，雖羽嘉而應龍，鳳皇而百鳥，其勢之然，豈不顔靦背汗者乎？意祖耆年，有以甄陶成就之，何遽溘然而先矣，於乎痛哉。父祖胥逝，宗社灰寒。尚冀有知，相我後昆。辱先者覆，繼志者培。揮淚矢詞，鑒我衷曲。

祭佛果

惟師之教，如導遠行。通途九軌，廓如砥平。我等好逕，從師指誨。始迷其方，終知攸届。侍執巾屨，積年于茲。屢形怒駡，實則慈悲。玉我于成，不有德色。頂踵銜恩，未報埃滴。胡爲棄我，奄爾歸休。使我諸子，中流失舟。生無長物，蕭然四壁。敢不慎終，以竭吾力。短世波靡，釋天日昏。嗚呼流涕，天喪斯文。

祭故人

於乎！緬思古人，交以道術。富者忘資，爵者忘秩。淴然合投，億載一日。叔世反是，利聲相悦。柄重殖殷，膠固聯結。片言有忤，變化倏忽。視利與道，霄壤敻隔。嗟嗟夫君，吾黨英特。老我内交，喜其諒直。凡吾數子，群居雲刹。歲月切磋，回古之轍。相接以澹，勿爲蹔熱。君日益貴，司寺之劇。不以驕人，如居蓬室。時乎横翔，一快健翮。造物胡然，奪魄斯亟。

於乎！君成古昔，我已頭白。斯文衰陵，澆風拍塞。舊游日凋，末路就窄。百憂忘生，莫寫胸臆。竚立弔君，西風淚滴。今世永已，相見胡獲。庶幾來生，與爲莫逆。旦旦此心，終古罔忒。於乎，尚饗！

祭惠上人

公輩古人，少見於今。赤城曇猷，沃洲道林。他日曳裾，雪山之陰。寅賓湖江，春風滿襟。歸來故山，掩關雲深。庭翁嘗曰，斯人陸沉。畀爾後版，爾其往欽。公乃巽謝，陳力不任。漆雕未仕，尼父賞音。龍鍾白首，自爨桐琴。明窗晝長，古教照心。不同末學，佔畢呻唫。春鶯交交，老鳳獨瘖。兩相比較，銖溢寸尋。步未及展，遽蹶駸駸。我忝宗社，如磁石鍼。休戚相關，皇天是臨。喪此老成，百憂内侵。吾言孰導，吾過孰箴。式薦杯茗，公其來歆。

祭温上人

偃松人物，冠冕衆刹。棟梁之姿，蒼然成列。位無間於東西，材實今之人傑。【一】取友蓋多於紫雲，吾故知之而詳悉。於乎玉潤，乃吾友也。身已耆年，閒居一榻。緣飾不爲，與人瓦合。虛左禮賓，嗜善如渴。凡平生之所行，皆純明而峻絜。蒼天蒼天，胡爲使斯人名存而身滅？於乎哀哉！

方今蘩林，不古言之，可爲太息。有潤身之德者，志西上之榮。有潤屋之富者，殉東序之秩流。既辯於濁清，曹遂分於冷熱。禮樂文章，道德性命，冷者專而有之，熱者不敢闖其畿，而敢闚其室。惟醉醲飽鮮以勝之，造物者亦豐之而不嗇。不有哲人之間生，斯文幾何而不裂。嗟嗟玉潤，富與德而相侔，文與武而俱絕。其趨尚之不凡，合清流之如一，或涉歲月而空藏海，或發譚笑以爲吟佛。方將期於老成，疏楊岐之一脉，使薄晚之爲霞，慰衆望之久鬱，胡乃沉痼之不瘳，而一朝化爲異物。於乎哀哉！

昔我來思，迎門磬折。共語促膝，苛留投轄。今我來思，繐帷簫瑟。不聞人聲，惟瞻像設。感舊游之如夢，欲返魂而無術。盡老淚之一傾，與良友而永訣。於乎哀哉！

祭彬上人（代）

於乎！松茂柏悦，唇亡齒寒。慨我宗社，休戚相關。兄獨超詣，吾儕莫攀。華月群星，喬嶽衆山。蚤歲挾複，游諸老間。所得耿光，備嘗艱難。壯行所學，名冠清斑。雪翁之家，典刑不刊。盍念遺緒，青氊可還。澆風日化，惟利與權。衆臂争出，我心自閑。忽示一疾，瘦骨虆虆。世無和扁，竟奪天年。余始聞報，遂不能餐。亟往視之，已成蜕蟬。

於乎！嘗耳兄語，酖生宴安。安能奮飛，楚岫吴巒。顧有壽母，有蒲當編。百歲之後，或儻願言。今其已矣，心則皦然。兄年之促，兄母之憐。興言及此，老淚迸泉。於乎哀哉！

代祭外舅蔡處士

嗟乎公乎，實維成德。天爵有香，白首家食。子五丈夫，頎然玉立。庶務以理，老身其佚。款識古物，購以金壁。軒鼎禹鍾，秦碑漢籍。匪心斯累，而物之格。彈琴誦詩，燕處清室。賓客一來，輒舉大白。醖藉風流，人孰公匹。頃來十暑，風痺手足。謂此乘除，或綿晚福。胡爲奄忽，不既七帙。

嗟乎公乎！我少不天，孤露誰恤。受知于公，子姓是畜。所愛季女，和我琴瑟。時趨門墻，恩勤誘掖。自昔至今，有眷無斁。是歲暮春，一候言色。公時憊甚，甘醴猶設。夏五初度，病不會客。謂我母來，是以弗即。阻奉壽觴，遂成永訣。走哭于門，在殯七日。滿目悽然，豈麻成列。哀哀彼蒼，是司生殺。惟仁必壽，不宜有奪。大變茲酷，痛憤中熱。慶不及節，弔則罔缺。嗟乎公乎，精爽不滅。尚饗！

祭義兄慧首坐（代）

於乎！吾先女兄，納友于公。同出世學，西山佛宮。兄已云亡，同事有弟。公亦念之，如兄不死。我以兹故，視公猶兄。奈何今日，又成古人。我輿來城，造室問病。死惟我託，言既乃瞑。我其敢怠，襄事周旋。久要不忘，平生之言。

於乎！昔之視公，温温其容。動必榘度，爲女釋宗。高風絶塵，邈不可見。寫哀展誠，惟此一奠。於乎哀哉！

祭皇上人

兹山自崖翁、畫一先師，佛心持盈守成者垂四十年，群英角立，偉器奇材，輔慈明者甚衆。二老既没，耆宿日零，蘩林氣數消歇。惟無範兄，巋然獨殿，余來補處，深愧續貂。厥有詢謀，是咨是允。意兄年彌高，德彌邵，可以棟大厦之將傾，砥末流之狂潰。何乃欻示微恙，手條後事，彌旬而書偈坐脱，使余欲見不可復得矣。嘗目世之齒東序者，甘酒戠，狥貨財，不知老死之將至，與兄殆天壤也。故不敢弔而敢賀，膾縷芝峰之雲，醴斞龍井之碧，謂余果銜哀而祭，可乎哉！

代祭梁氏

於乎！與子結髮，偕老有期。胡然不信，乃至於斯。子生名家，餘韻不衰。貞静和惠，超出等夷。我寔昏懦，子來助之。興居出入，動静云爲。出子思慮，竭子職知。可惟子畫，否必子規。生育同喜，危顛共支。我父母慶，吾家以肥。遽奪斯人，寧不爾思。於乎哀哉！

子之來嬪，甫盈一紀。四乳厥息，亦既勞止。如卵于巢，未翼而毁。天乎何酷，子亦即世。我年方盛，而身爲鰥。視子子母，俱殞黄泉。心催肺裂，痛不可言。子有尊章，亦有母天。爲子孝敬，子忍獨先。舉以暮齒，沉憂鮮歡。悼念于子，遑安食眠。嗟子之生，不可贖焉。於乎哀哉！

緣會積劫，離散頃刻。孰謂斯情，而不惻惻。今茲荼毒，坐恐淪溺。殮從西方，道貌齋服。冀升幽魂，于彼樂國。靈車載行，吉日斯得。子今云邁，我敢自逸。花開鳥鳴，孤賞奚適。薄暮來歸，獨向空壁。潘詩在吟，莊缶停擊。追惟性情，想象顔色。天地有終，我哀罔極。於乎哀哉！

代祭僧弟

維年月日，兄某具果茗香饈，祭于僧弟某上人之靈曰：

于嗟弟乎！天倫相好，匪一朝夕。識弟容止，明弟心迹。弟之孝友醇懿如此，茂敏通亮，簡重端絜又如此。天宜昌之，以報令德。胡方長之而折，方興之而踣。彼蒼蒼者不可知，此余鬱結而不可釋。

于嗟弟乎！生爲季息，先子所念，蚤命之出塵，不寘之澒涊。俾其世覺皇氏之家，將來爲福田爲津梁，所期望吾弟者亦不淺。弟乃爲輿論之所推，第劇司之是選，雖震駭庸俗之有餘，然吾弟之心不在乎是。尚欲收桑榆於既晚，孰謂以死而來告，而不見援於和扁，遂奔走而捄之，已無瘖而長偃。

于嗟弟乎！昔在城寺，我來海濱。對床笑語，忘寐宵分。連日治具，稠羅庶珍。何此歡之不可恃，竟墮於渺茫空虛，欲把玩而無因。手足之愛，情分之真，微弟之知，緊誰之陳。訃葬有友，傳道有嗣。身後輝光，宛然不死。乃吾弟不見報於天，而見報於人者，若是可無憾而長歸。奚脩短之足記，惟老兄之無悰。驚短世之波駛，對蕭晨之悲涼，獨汎瀾而不已。弟乎來歆，有飱在篚。哀哉哀哉，尚饗！

祭父（代）

於乎吾父，正信不駁。以我髫齡，從出世學。曰無梶愛，去離鄉國。迺遂從師，于漳于泉。亦既訪道，之吳之燕。行邁一載，玆其言還。寧親康強，頭白相映。[二]夫何此來，一老獨瞑。不獲一訣，及其既病。父以頹暮，種社之蓮。豈不苦澹，厥志彌堅。顧有諸昆，甘脆靡愆。我實在遠，竊以志養。父心孔安，奚覯之曠。俾不百年，深觖中望。海風吹衣，祖送靈車。忘情未能，涕泗交加。大德罔極，不報余嗟。尚銜先訓，歸以卒業。蚤夜無逸，或可有集。一奠展誠，寧莫我接。於乎痛哉！

祭人（代）

於乎！子職劇司，寖彌一期。任大心煩，疾病半之。人謂其疾，自昔匪今。庶幾强飯，斯勞之任。胡爲至此，是亦天命。艾炷未灰，纊息已静。嗟子俗氏，高陽之居。爰來業佛，有豐于儲。惟子好善，積而能散。自致顯榮，爲寺楨幹。堂曰「歸全」，桶瓦敗裂。子出百金，規以新絜。方將作興，而遂云亡。緊子之心，終古之光。我兹承乏，知子寔舊。日傒勿藥，以左以右。乃遽弗救，俾予内傷。荆簪有泣，矧奪予良。子之始歛，我亦臨哭。弔祭不虧，盍瞑爾目。嗟嗟若人，有位有勞。出詞道哀，有痛無褒。於乎哀哉！

祭人（代）

於乎！余蚤知君，實稔厥緣。尊公此樂，余先友也。而君於余通家者，相與還往，亦既有年于兹矣。君收湖海逸跡，歛平生英氣。耻浮沉於里閈，遂卜居於林泉。天遺一榻之地，于吾刹之西偏，木石泉魚，床書几琴，擣藥煮茗，客至如林。君皤然老于其間，邦人諸友謂地行僊，不可企及者也。乃有鳳雛，穎拔邁倫。不以囿於塵俗，而以世覺皇氏之傳。宜跐美於前修，亦入社而種蓮。胡一疾弗起，而遽云沉泉。

於乎！君與陳老，友以金石。陳今壽考，君竟奄忽。憶陳暨君，頃來過門。笑語竟日，摻袂而分。今者此公，獨顧我宇。相見一語，不及它故。惟以君之成古，爲可歔欷而涕慕。

於乎！陳之心、余之心既如此，未知君之心其何似也，抑亦不減疇昔而猶愈也。冥漠之下，其不可知也已。毯瓦爐之碧雲，聲石鼎之春雷。即殯所而致奠，攄苦詞以洩哀。儀弗腆而情至，君奚爲而不予來。於乎哀哉！

代祭

於乎母也，吾姊之姑。姊之既歸，婦姑樂胥。奈何吾姊，而遽云殂。豈無他人，母日不愉。竟以母訃，聞吾山居。吾父匍匐，往弔于閭。兹母之葬，我以爲孤。痛哉不夭，爲母號呼。伊昔合歡，各言康娱。乃今同憂，人事日殊。矧我童孺，煢煢是趨。酒有既將，雨雪載塗。母不我知，有淚盈袪。於乎哀哉！

祭福叔公

於乎！某也視公迺法門大父之難弟，而鼻祖晥山之龍孫也。我幸及見，親炙有日，如老泉之引族譜，以始從昆弟，而終至於塗人，爲可扼腕。今余之幸，其萬萬歟？公以故家文獻，一髮所繫，【三】而養晦於月臺，挹睦州之風致。猶千金之珠，深蘊於九囦；連城之璧，未發於十襲。俾群兒欲窺光影之無從，然一出可照映於一世。胡爲白首龍鍾，獨袖手而無意。

於乎！某也自大父之掩光，歲閱兩復；又先師之告寂，躑蠋雲深。四顧奚適，所仰賴者，唯公之一人，庶幾宗社不至於寥闃。或時再拜於床下，良辱眷存而沃迪，奈造物小兒之見戲，遽令不起於一疾。

於乎！斯又何其不幸也。驪珠忽沉，楚璧已缺。吾所仰賴，天乎見奪。痛吾宗之灰寒，儻欲然而何日。一寸之心，已無可折。萬斛之淚，曷其有竭。覆此茗甌，千秋永訣。

祭天竺禮公

於乎！去古益遠，吾佛慧命如綫，非篤寔精白，厚重含弦，有以鎮人心、塞物望者，其孰能壽之。惟公之在龍江，如隆中卧龍，雖無徐庶之關白、先主之三顧，名已飛於南北，遠近莫不拭目。迨出世吾泉中天，執乃翁之左券，又如留侯，蚤傳一編，光大漢業，功成不宰，雍容而退，與韓、彭輩殞於礎斧而後已者，其天壤歟？

於乎！道可以高於天人，而形不能逃乎氣數，故示疾久之，以藥弗效，竟怡然坐脱，罔得而攀留。於乎！或謂公生斯世，何其不久如是。吾輩謂公之壽季法亡，慮數千百年較一世三萬六千日之内，孰爲延促哉？於乎死矣，今其無復有矣，盍古人之中而求矣。我忝朋儕，屢接言笑。公今無聲，同此哭弔。

祭福上人

於乎！吾友遽至於斯耶？古之人以朋友繫於人倫之大，戴髮含齒，罔不須友以成，故往往有傾蓋共語，目擊道存，一笑而莫逆，忘年而相善，盟堅金石，情固膠漆者。我生古人之後，當澆風之行，其於取友也尤難。何則難乎？臭味之合也。吾輩行中始得吾友，咸以爲相見之晚。人方尚功利，喜溺儒冠，詬之爲豎爲腐，而不之寶。吾友乃能延湖江之長裾，日倒屣而不倦。人多譚虚，空閣束教，乘目之爲網爲海，而不之業。吾友乃能版行雜華之疏，貽來學之鏡心，繕脩龍藏之文，虞聖經之壞爛廢缺，斑斑懿行，可輔吾仁。何斯人之不穀，以一疾而不起，而使無益於時者久生，天人鬼神果安在哉？然以吾友平生更嘗多難，凛若一刀以濟重嶮，終安且全者，實天神有以護持之至，此乃命也。

於乎！生與吾友，往來譚笑，未嘗斯須相遠，而一旦永訣於幽明之間，天地荒荒，我淚如雨。昨日之日已故，今日之日將暮，來日之日不可期。嗟浮生之如許，生勿喜，而死勿悲，畢竟同歸於一趣。惟此心之昭昭，永勿媿於前古。

祭楚老（代）

於乎！公乘願力，來尸翠屏。僧殘屋老，猨鶴夜驚。有愴于心，殫力經營。渠渠紺宇，蔚然雲興。長梵大鍾，高門廣庭。蓁林規制，一舉具成。訥師權輿，或公前生。我久服膺，願學未能。有爲是咨，有言是承。乘荒襆被，煮茗尋盟。公雖華皓，靡倦將迎。逮既命醫，一室乍扃。以余視疾，懷抱爲傾。日望以愈，歲月薦更。胡爲如許，竟間幽明。

於乎！吾佛心翁，已成古人。生與乃師，相於情親。翁董紫雲，有衆孔殷。乃師昆友，輔翼良勤。通家舊好，閲世如新。往昔不復，此情孰論。嗟嗟荆山，抱器自珍。薄發其藴，乃終厥身。西山之西，諸峰嶙峋。失此一老，吾誰與鄰。既清于挹，亦甘于盛。諒不我吐，我誠孔聲。載瞻像設，庶幾有靈。於乎哀哉！

代祭外氏

於乎！念我婦翁，疇曩在世。俛焉爲善，垂死益厲。一子心恙，中年罔痊。滿頭白髮，家將誰傳。爰圖新居，聊以自慰。置酒落之，賀客如市。辛勤有屋，居逾兩時。遽驚弔者，入哭于帷。我以夤緣，夙爲半子。至是銜恤，靡所仰止。惟丈人母，眉壽且康。顧我有依，來升斯堂。門户多故，母實鞅掌。賴有孫枝，日望其長。長成受室，舊業畀之。母心孔安，瞑目長歸。嗟我舅氏，卒于心疾。父游地下，從之有日。生雖迷罔，鬼當有靈。祖禰家世，若兒是承。

於乎！泰山既頹，泰水復竭。千念集懷，交涕如雪。肇卜新阡，奇山之原。我誠單心，它人有言。日月云吉，棲神兹坎。父母子三，同域奚憾。所憂後時，鵲巢鳩居。天弭其釁，庶幾無虞。我已三紀，受恩門下。未遑報之，徒念昔者。靈其在殯，敬絜奠羞。萬古永訣，天地悠悠。於乎，哀哉！

祭師（代）

於乎！委質于師，師不鄙遠。玉成于我，我乃頑頓。師之大德，報不能寸。而師云亡，莫塞我願。於乎！父母克生，不克以訓。既訓既成，與生寔準。我其不報，夫豈敢忍。維此痛哀，天地共盡。於乎尚饗！

代祭尼弟

於乎！吾女兄弟，實惟鼎立。爾棄俗氏，我則弗及。以一日長，忝爲爾兄。乃敬乃友，天倫之情。爾居城西，我在石畔。仲氏江濱，道里云遠。去歲窮冬，江上雪晴。

慶仲初度，歡然合并。各言衰暮，無幾相見。孰謂爾歸，而丁大變。吾姪師爾，爾惠不終。幽明既隔，親炙無從。我與仲氏，來哭于次。病不爾問，斂不爾視。爾不我尤，我不有媿。殷憂積中，其何能已。厥有饘餌，爾不一餐。魂其來歸，聆此苦言。於乎哀哉！

代祭姻家

維年月日，某敬備酒㦸之奠，祭于姻家某人之靈。於乎！疏通粹美，人少如君。鄉黨姻舊，【四】素推德人。知慮善謀，譚吐甚文。老師宿儒，所傳者醇。禮義源委，孝友本根。仰事俯育，各盡乃倫。維先大夫，藹然有聞。嗣守家法，君益儉勤。謂其必大，奄淪于泉。嗟嗟君乎，行脩譽尊。壽以期頤，報施實均。胡俾弗及，知命之年。大鈞茫茫，于何鬼神。我有息女，蚤託德門。恃君教子，且仁厥嬪。玆觖吾望，所幸子賢。頃與君語，遽以訃傳。在殯七日，疑君之存。一旦千古，幽明歧分。人生如許，烏足控揣。使君有知，同一辛酸。往者不復，哀哉何言。載觴維酒，有薦在筵。生而相好，死莫我捐。耳吾哭聲，君其來餐。於乎尚饗！

祭叔（代）

維年月日，法姪某謹具饌祭于聖泉叔之靈。於乎！叔在泉上，日飲于泉。維泉之釀，爲聖爲賢。時復中之，樂以窮年。大道之原，何有缺全。凡曰持破，去道愈邅。是豈自得，乃行其權。小子何知，握管窺天。於今已矣，永懷慨然。泉在在邇，人在在遠。取泉以薦，淚與潺湲。於乎哀哉，尚饗！

代祭叔高方

維至正四年歲在甲申七月戊子朔越三日庚寅，蓮寺釋某謹具香茶果蓏之奠，昭告于故叔高方君主簿旅櫬之前曰：

於乎！君性粹和，實得于天。既茂厥德，才亦克全。博聞強識，文章蔚然。通神妙書，又孰與賢。翰林諸公，與交忘年。方當強壯，行所知焉。胡不壽之，而死于官。於乎哀哉！

始出奎閣，尉吾南安。枹鼓不聲，千室晏眠。我以是時，一見情親。撤通藩級，孔佛合筵。譚玄未了，跋燭相看。倏然來往，山中煮泉。山有片石，君書乃鐫。詎謂今日，見碑而潸。於乎哀哉！

頃君調官，在邦之鄰。告行于我，曰阻山川。嗣音無曠，思服有懸。我則曰嘻，斗剎事殷。簿領多暇，君施宜先。爾後尺書，僅一再傳。而起居狀，時復飫聞。君在官守，政聲日宣。職惟令佐，令以嘯閑。發軔斯得，遠到不難。孰俾奄忽，素望其僭。於乎哀哉！

君之南邁，上馬笑言。曷日相見，三歲而還。今歸以櫬，不覿君顏。行道共感，寧獨永歎。我業出世，何心人間。區區此哀，寔維哲人。哲人不作，天地荒寒。於乎哀哉，尚饗！

祭蘭上人（代）

楚石首坐賢屬下世三日，住山某乃展哀誠，具蔬果而祭之曰：

嗟嗟楚石，吾同道也，法屬也，故鄰也，吾寺之老也。凡人有一，于此亦莫不戚，況既多乎哉，是不能無惡於懷抱也。自少及長，逮于華皓。中間出處，相助相友。必欲言之，覼縷莫究。余入蓮刹，知兄日久。兄頗軼出，余僅恬守。予董植峰，兄居靈嶠。予補兹席，兄位版首。雪翁有衣，兄特我授。兄僧其姪，名惟我受。其綢繆之情好，固它人之無有。孰謂溘尔先征而至，使予通夕悲歔而不能曉也。於乎哀哉！兄首千衆矣，不可謂不禄。兄得七帙矣，【五】不可謂不壽。宜若無憾焉，而予有憾者，蓋痛藂林今之謀人者多，而昔之謀人者少。抑同心者日益稀，而賣友者日輻湊。對遺像之無言，恍疾漸之偵候。不一歃於予殯，獨佇立而心疚。嗟嗟楚石，聞乎爾不？哀哉哀哉，尚饗！

祭保福（代）

於乎！紫帽之山，有古佛舍。公來芙蓉，爲主席者。拮据捋荼，維日不暇。未幾粲然，金碧萬瓦。龍象賓來，有纍其化。公之在兹，餘二十夏。殆一日然，動無苟且。始終兢兢，朽索馭馬。凡今之人，如公蓋寡。胡不耄期，遂即長夜。訃來吾側，輟食驚訝。於乎惜哉！曩鑄蒲牢，植山之下。公時聞之，不靳其捨。我固知公，有誠無詐。暨遷紫雲，賀香來把。白頭相看，信信清話。別去有懷，儻一命駕。竟至於斯，不我少假。空宗悲凉，耆老凋謝。况又相知，而不淚灑。既聞吉日，喪出于野。匍匐載奔，陵阜斯跨。不有果蔬，曷致肴藉。奠以告情，我哀莫寫。於乎尚饗！

祭兄（代）

某人老兄之靈，於乎！兄從釋氏，我則後至。祝髮是同，得師云異。凡在休戚，共其喜驚。人之好我，又孰與兄。我方築室，將老雲下。白頭對床，天或少假。胡然今者，室既落之。兄病革矣，不可以爲。我願莫信，其將誰憾。手足至情，夫豈斯蹔。於乎！我不有父，我不有師。惟其有兄，而與我還。我之在兹，何所依歸。拊棺一訣，曷閟我思。於乎哀哉，尚饗！

宗吉祭父（代）

於乎吾父，我之所天。出從佛氏，寔承父言。堇荁滫瀡，【六】定省清温。不我之責，曰有弟昆。我居南園，又徂東山。薦更多難，僅以身存。罔極未報，餘無足云。用維季也，亦在空門。久學杜多，紫雲之間。相弔無成，一有幸焉。父母俱在，既得高年。胡爲失恃，除服二春。而哭厥考，禍不少延。旄齡將及，家政是傳。父其何憾，不瞑于泉。中心欿然，繄我二人。自今蚤夜，驅策薄綿。成我之道，答親之恩。所敢不信，有如香煙。於乎痛哉！

祭崙上人（代）

鐵壁亡友以乙酉歲，旅殯于京師，明年闍維，歸骨于泉，葬之普同塔。既而招魂于寺，爲位而哭，使凡其友者得祭。至是，住山某始展疇昔道誼，煮茗而祭之曰：

於乎！我之與君，寔相知深。有萬里別，而無遐心。始聞尸席，尺書來賀。亦既報之，期其助我。幹者在遠，果辱周旋。百金以假，色不其難。吾事不集，幹之綿力。吾友在焉，何求不獲。君乃客死，京師不歸。我處天南，無從涕揮。孰謂今兹，竟以骨返。堂堂玉立，永絶心眼。於乎哀哉！君豈不富，君豈不豪？智豈不足，時豈不遭？胡不百年，于以用世？發其所積，名實彰大。而遽夭閼，夫誰不傷？不得歸櫬，燼餘是藏。於乎哀哉！竊有感焉，短世飄忽。安所税駕，種種余髮。維我茗盌，久不飲君。及此一歠，嘷復乎魂。於乎哀哉，尚饗！

代祭張氏女兄

嗚呼！吾女兄弟，寔維三人。爾爲長子，名家是嬪。母所鍾念，資送孔勤。既生既育，藹然有聞。前年之冬，忽以死告。奪母之愛，母心甚悼。使與季氏，偕往臨弔。歸而母疾，日不可療。一兄一母，相繼云亡。淚有不賈，匪人則狼。故我爲爾，哀哀彼蒼。葬期前得，自遠于將。嗚呼女兄，爾有知不？爾游地下，或可從母。母也不見，父老弟幼。我心如何，不我先後。自今以始，薄還山中。養老慈幼，亦視母封。庶事既集，卒業佛宮。目俾爾瞑，言豈予空。嗚呼哀哉！

代祭姊

於呼！我未勝衣，出拜吾姊。是時歸寧，自清河氏。期我有成，父得晚子。宗祀如綫，不隊維爾。我不有知，知姊愛己。歲時一來，相見如始。胡爲即世，在我毀齒。

跽陳祀祭，莫中典禮。旁人指憐，謂姊有弟。于今三年，愧我猶稚。載嗟嫡母，念姊之死。天乎何辜，而奪我恃。煢煢在疚，血淚無止。姊得所藏，寔先于妣。我乃銜恤，扶服往視。明發靈車，去不停軌。今夕何夕，霜霰如水。盍云歸哉，殽酒具美。於乎哀哉！

祭成上人

壞庵老友坐化之三日，末契大圭等相與出香茗于龕前，合辭而祭之曰：

於乎！公蚤出游，户叩禪匠。抱道來歸，輿情攸向。至于首衆，有令聞望。無何結庵，玉井之上。東西行者，靡不蓋障。去而故山，以老自放。後生宗師，舍公誰仰。公不自居，以丈人行。千里致人，一誠無妄。有積斯發，不以自養。歲時爲具，以代餽饟。以飲以食，賓客張王。胡不百年，而云坐忘。我二三輩，素同所尚。往來情親，相問亡恙。繄公不作，神不其相。匪不相之，寂滅爲暢。垂絶有言，琅然高唱。莫寫遺音，重我怊悵。眷言神交，生死奚曠。一奠告情，公其能亮。於乎哀哉，尚饗！

代祭江質父司丞

於乎！公以進士，來司斜曹。是歲乙亥，寔識譽髦。我家南城，匹馬臨顧。杯酒接歡，輒不能去。紀綱既行，調官于閩。有來書疏，道遠情親。旋職牢盆，于洲之洒。泉之遺民，復此引領。鹽鐵細事，而屈長材。海濱斥鹵，惟帝其懷。公敷于仁，三年報政。薄言歸，竚拜新命。孰謂今兹，殲此良人。嚴親在遠，婺幼不天。我念宿昔，携家來過。留連新宮，湑我酤我。別去無幾，竟以訃傳。死生離合，殆一夢間。扶護歸櫬，即彼故里。斯辰啓行，徒御如水。我忝舊游，嗟莫從之。載厥酒食，祖送于逵。上羞于公，下犒于僕。賓客具飽，存没攸福。以展我誠，以攄我哀。公有鬼神，盍云來哉。丹山之丘，惟公之宅。灑淚宿草，未知何日。西風淒淒，丹旐翩翩。瞻望弗及，已矣長歎。於乎哀哉！

校勘記：

【一】材實今之人傑　「傑」，底本作「杰」。「杰」爲「傑」之俗體。

【二】寧親康強，頭白相映　「強」，底本作「彊」，「彊」同「強」；「映」，底本作「暎」，「暎」同「映」。

【三】一髮所繫　「繫」，底本作「係」，今據文義改。

【四】鄉黨姻舊　「姻」，底本作「婣」，「婣」同「姻」。

【五】兄得七帙矣　「帙」，底本作「袠」，「袠」同「帙」。

【六】堇荁滫瀡　「瀡」，底本作「灩」，「灩」同「瀡」。

夢觀集卷十八

元温陵釋大圭著

跋

書楞伽經後

大哉難往無上一心之法，諸佛自覺，聖智所趣，寄之言以顯，唯忘情體道者冥焉。以分别妄想，即名句形，身區區以求之遠矣。鼻祖之付，神光之受，蓋慮後之邪？解汩乎正知，舍聖教繩墨，孰楷是用？世守之以印心地，使人人神光奚付爲樂？全授和仲楞伽，而和仲書之刻之，筆蹟尚亡恙，前哲於斯鑽仰勤勤也若是，其服吾鼻祖之話言邪？余因和仲本謄書，竊愛其人不忘也。間有闕誤，考古更定一二者焉，以詒來者。於乎！自覺心法，一字增語。矧彼四軸，然佛不言，言祖不付，付人不書，書夫何增之得，是之謂一切佛語心品。至正元祀秋中，大圭書。

書魏經後

秦經傳諸人而家有之，至於魏經，鮮有擩目者，豈人之多乎秦而少魏哉？然世親之論，亦魏譯也。其論以八十頌釋經，經與頌相顧，而秦文蓋或略焉。若是，魏可少乎？余觀圭峰纂要疏文，釋秦本而義兼魏經，蓋祖論也。圭峰可謂大通而不局者矣！因暇日手抄其疏記，且復寫魏譯經，頌其左空紙，仍以唐譯頌填之。頌乃無著，受之慈氏天親，首得之。釋經者二譯疊出，以備參攷，儻來者有知予心，則不以爲無謂而書之也。

題鄭孝子傳

單悃誠，甘痛苦，破指出血，以書佛氏書凡數萬言，以爲厥考福，而愈厥考疾。噫！人之所難，而吾君錫易而爲之也，有感宜矣。婦人不克致忠孝君親者，以有其身而然，有其身則靡所不至。今若是得其親之生，奚身之足有，使以之資父事君，其所爲不既博大矣乎？而況佛氏之道，爲之有大於忠孝者乎？然知佛者難其人力乎其小，繇是而求之大，亦何有弗得乎？遂書鄭孝子傳後。

十奇頌卷跋

天不愛寶，紫雲興焉，甘露降焉。地不愛寶，桑蓮瑞焉，芝草生焉。諸公競出明珠白璧以華之，是人之不愛其寶也。吾知石浮圖益高，龍眼井益清，而高僧異人益群然出矣，又奚必膠遺墨，以求文殊泥肉身，以求袒膊者哉？

夢觀集卷十九

元温陵釋大圭著

箴

惰箴

人底乎聖，猶思日孳孳。爾則衆人，而惰之勿思，爾無知乎？爾有知也。爾不能乎？爾可有爲也。不去，其爲衆人者，何哉？爾惰之也，夫誰使之？

施箴

施也之來，必蘄其報。報之不能，而視我以盜。報也之往，弗埒其來。施者固在，而遇我以孩。有健于中，而蒙斯耻。若撻諸市，初不其慎之，而後有悔。於乎噫嘻！不孩於人，不盜於人，而施也其辭。

交箴

不交則已，交則有終，我之懷矣。靡所與同，交不我獲，如餒思實。既交則舍，如疾思去，匪惟去之，申以怨怒。大而釁禍，〔二〕小而訕侮，速之何繇。不誠不恭，既誠且恭，猶不爾容。人二三其德，我乃弗自藥。爰謀諸始，賢矣先覺。

言箴

可言而言，千百不謂多。不可言而言，一二亦已厭。我維時與人可，不以語默，不然是自求於禍。於乎！愼之哉！愼之哉！毋爲徒譊譊乎而不知其可。

窮箴

家無其饔，君子不窮。德不有諸己，其窮也耻。彼何人，斯饑乎陳之都。其善自謀，曾衆人不如。衆人善謀，不思其憂。實曠名墮，惟安飽之求爾。衆人是師，而窮之違爾。不師衆人，而不窮其身。

棄箴

汝不狂而動，鮮不妨？汝不欺而言，鮮不違？然則人不汝好也，何爲而不改其操也。噫！得於人也，棄於天。棄於天也，寧棄於人。

誠箴

心攸焉誠，家攸焉主。主一去之，寇入而有其居，其儲寇而發之，主之反矣，何以活之？不主不家，不誠不心，慎而存之，無寇攘之侵。

校勘記：

【一】大而釁禍　「禍」，底本作「旤」。「旤」同「禍」。

夢觀集卷二十

元温陵釋大圭著

辯

父母辯

生我身者父母，而生法身者師，然則師亦父母也。家未出則有父母焉，既出則有法師父母焉，此外惡有父母者哉。今之人，去父母，就師氏，而苟焉利人之貨財，奔走高門縣薄之家，謂他人父母。噫！如此，則父母者財也，急於財而忘其父母，且忍爲之曰人耳，曰人耳！

文辯

晚近世率多空愚不學而訑訑若無所待者，然至於文則必假焉以欺當時，謂真若己出，卒不少媿。豈不聞孔子之言曰：「知爲知，不知爲不知，是知也。」孟子之言曰：「久假而不歸，則惡知其非有也。」以不知而假焉欺人，則惡可爲之乎？夫文不可假人者也，設可假之人，則堯、舜假聖於桀、紂，夷、齊假仁於盜蹠，而萬乘之君假匹夫以禮樂，丈人假三尺之童以冠服，則皆可矣乎。然而善惡亂，上下紊，顛倒極矣，則又惡可爲乎？況於道德禮義之表，而車服制度之著者，文也，而可假之人乎？古者重名器，與人邑，不與人繁纓，然則假之者罪也。

法辯

余既辯假文矣，而爲吾氏有假法者，如之何？經曰：「譬如窮人，妄號帝王，自取誅滅。況復法王，如何妄竊？」然則假之法者，是與竊法王者爲之地而贊襄之也。夫竊法王者，與夫世之僭竊位號者比，人得而討之，不討之矣，又假之法乎？吾故曰文不可假人者也，而法尤不可假人者也。

名辯

名其景矣乎。不形其實，則何有也？後其形，而獨急之，鮮不爲識者羞。故君子爲其形，勿爲其景，形立而景隨之，何急乎？名浮實者，不善爲形者也，形而不善爲之，則與夫景者胥喪矣。悲夫！

財辯

僧之死，其財屬十方僧，師弟子不得取法防姦也。後世之有位者以爲口實而已，奪之。然則十方僧者，其一己者乎？以一己者而得十方僧者之物，則十方僧者之食亦將一己者飽之矣。夫十方僧者，千萬人也，脱一人而飽千萬人之食，其不飽死矣乎。若是，則僧之財不可己奪也明矣。然則如之何？僧之死，其財勿奪之，必使其師弟子若屬善用於十方僧者，可也。

酤辯

泉酒賦殷，歲征，酒人卒以不贍去，而冒其籍者多浮圖。浮圖無父母妻子之奉，爲酤利，常倍以輸公，上便之，不問，蓋自宋然。故郡志倏於宋，有混迹屠酤，乾没取贏漫，不省教門，何事真瞿曇罪人之語以譏之？【二】夫浮圖不遵制戒，而逐市井什一之利，譏之是也。吾聞西土爲酤者唯旃陀羅，然不得居國中，入則有所標識，人得嚳之，所至人輒幸其去，祓以水，爲甚不祥者。國中人絶之如此，然則酤以旃陀羅，未聞以浮圖酤也。且酤與波羅夷者條於律，而經又言爲淫肆十之，當酤之肆一，其爲罪莫大也。如此奈何以嗜利犯之見譏於人，書之郡史，而辱天下凡浮圖者也？然猶群習之，恬不爲怪。哀哉！

壇經辯

余始讀潛子壇經贊，以不見其書爲恨，求得之，果如潛子所言者。然真出於能祖者皆可觀，間有妄託其説者，鄙俗不經，則大可駴怪。其初叙能鬻薪，聞金剛悟焉，而言忍祖勸人持之見性，何也？迨能書偈受信具矣。又言忍以衣覆之，説經至應，無所住而生其心，洒悟，而出「何期自性清浄」之語，則又何也？夫至人者以心傳心，間不容髮，[二]豈爲是口耳學哉？必如是，則文字語言爲極，而教外别傳者誣矣。是則鬻薪之時未悟，書偈之日猶迷，首尾衡决，自相抵捂，所謂大可駴怪者也。其餘指擿蓋未暇，然不識在潛子時何如邪？是牽於教乘者爲之説，而卒爲吾祖辱若楞伽，達磨適指以印心者，遂以爲傳授，可祖殆亦此類。若景德録載織蒲屨者云「給路人」，不云「養母」，天下户知其養母，而何諱之邪？是皆妄常者亂之也。噫！吾法訛甚，安得至人者出而正之乎？

校勘記：

【一】何事真瞿曇罪人之語以識之　「罪」，底本作「辠」。「辠」同「罪」。下文「其爲罪莫大也」之「罪」亦如是。

【二】間不容髮　「間」，底本作「閒」。此處「閒」同「間」。

夢觀集卷二十一

元温陵釋大圭著

説

台叟字説

今長老古數公命其徒從余祝髮，余名之曰「顗」，時年蓋未冠也。後三年，年既冠，入侍公衣鉢，時來寧余，余乃字之「台叟」。禮：子生三月，父名之，幼則名也，冠而字之，敬其名責成人也。余於顗，法門父也，祝髮名之，職侍字之，禮也，而以「台叟」何邪？吾聞之物有丘陵與百川者，學山而山，學海而海，至於人亦然。有士君子與賢人者學顔則顔矣，學孔則孔矣，吾有取焉爾矣。夫「台」之爲山屬，三能之分壄，故名。其山秀拔峭出，靈壤奥區，爲衆僊聖所家，寔甲天下之爲山者焉，賦之者金石聲于今鏗然也。而「叟」，老大者之稱，余以目至人智者。智者名適與吾徒，同生陳隨，時證法華三昧而位五品，析其教八而配時味者五，觀乎三而融乎一心，天下宗師之以所居命其宗。今顗方倍誦是經者，字以「台叟」，蓋欲其學而至之耳。

或曰：「子爲禪者，奚爲教者之慕爲禪者之其至也？無佛無祖，而佛者不足爲，況其他乎？」余曰：「不。而獨不見韶國師乎？因吴越錢王俶問疑義，請遣使，求得智者教新羅航海而還，豈非爲禪者乎？然不聞有病韶以附麗於教者也，果其能學之之其至，其爲智者與不爲，何有不可者乎？顗思如台之高而不群乎下，思如叟之大而不安乎小，終則不思以中而至其至也，奚學乎？若是，則不孤負余名之字之，與公命之之意。」是且授之顗，請於公，當復有深於是者，教之顗，勉之哉！

太虛字説

空而洞洞乎上，望無所端倪者太虛，不可物之，况名之乎？今以大而空者名之，疆也。凡言大者必曰太虛，而言遠者亦必曰太虛，然則太虛，其遠者大者與？夫人之遠大自期者，宜何如爲心？學必聖謨以求其所知，行必聖處以求至其所至，如斯而已焉耳。先民有言曰：舜何人哉？有爲則若是。舜，聖也，繇衆人而之聖，何翅天壤隔而何易之？使言出於衆人，鮮不爲旁怪竊笑。然而先民不難之，人且信之，惟其天德純之不已。故有爲而見信，不如是，則因吾之資，千百其能馴致之可也，遑恤人信不信邪？

惠廓上人少從余受五經句讀，頗清敏，能自強。〔二〕長，學浮圖道，又能日進其業，自昔徂今，吾未見其止也。於是字之曰太虛，蓋將責之遠者大者。吾聞有爲禪學師教其弟子以廓然清淨如太虛，空爲真達不疑者，尚望廓勉焉。若狗名而不責實，徒騖虛空而不反，則不廓望也。

麟妥字説

法季聖遠，所至爲角，䤴䤴視之爲獨角者鮮矣。孰謂吾黨後生有道人祥者，而吾得之。祥倏而靖，喜究内典，若蓮華經數萬言之廣，誦之如流，又善書，得歐陽，率更法，因全上人時游吾之門而請業焉。吾見之，曰麟也，迺加「妥」字之。祥質字之何説。

麟之祥，以不恒有也，非大德在位天下治不見。夫物以類應麟，仁獸出，必於至仁者之國，如此宜其爲祥也。然周衰，孔子之時魯乃獲之，漢武帝又獲，以薦上帝，豈出非其所哉？漢以白麟之歌登諸郊廟，固無取焉，而言賦者能道之。孔子感麟而作春秋，正王道，樹人紀，亂臣賊子畏之，萬世之下如此，則何害於麟也？雖然，麟以不恒有之資而出，得其國其世無見獲於人則祥矣。苟數數乎獲，雖感之如孔子，薦之如漢武帝，不害其爲麟，而在爲麟者亦可悲已。今子麟矣，將爲其祥乎？將爲其可悲者乎？子非妥而猶叟也，吾妥之，子亦麟之妥乎？吾告之麟，子必樂聞其説，勉焉而不知老也。辛卯春恒白山人書。

古岸字説

昔黄帝、堯、舜氏作，爲舟楫之利，以濟不通，舟其爲濟之具也尚矣。而訓詁舟者得以周流爲説。夫不測之水茫乎浩乎，杳無津涯，飄風一作，濤波如山，雖有綍纚之施，颿檣之備，其爲舟也，不亦難乎？在濟之而已矣。岸其爲濟之至者也，舟而不岸，豈有徒周流不獲濟也哉？人之爲道也亦然。

詩稱文王無畔援，無歆羨，誕先登于岸，説者以爲道之極岸也。凡有欲則流而罔濟，文王獨不然，則先造道極是登其岸也。孟子則又稱文王望之而未之見，余以爲望之切，故登之先矣。然則其岸古也，中古之聖人猶且望之若不及，矧爲衆人者於今而人欲之淵，往往自溺，不求濟而至之，豈其爲濟之具者無之邪？抑將有之而不爲之邪？不然則以爲遠而難至也邪？有爲濟之具，曰不至，則吾弗信也。惠舟吾徒，學而志乎古，字之「古岸」，復以是進之。

及遠字説

澤必及遠，不及遠者非澤，然則何爲而遠？鄭人緩澤及三族，河潤九里者，遠乎？緩則自困於墨。楚子惲波及晉國者遠乎？惲則敗於城濮。遠其若是乎？禹澤東漸西，被而暨朔南；湯澤四海，望之猶雲霓之於旱；然文、武之澤没世而人不忘者，而遠也不乎？身爲天下君，至今稱三王焉，不遠其若是乎？然則佛以法澤物，洽乎大千，流乎萬世，與禹、湯、文、武者，又孰遠乎？夫杯水之爲漑也，豈不澤乎？而其爲澤也狹，[三]頃步則爲暵已。若雨露之所濡，江海之所浸，則其爲澤也，莫知其極，其欲暵，得乎？噫！人之學也群矣，學宜志乎遠。獨不爲澤之遠乎？澤之遠，非有其位不得爲，而爲澤之心也，亦獨不得爲之乎？爲其心是則爲澤也，何有不遠者乎？惠澤上人來學，静而明，頗志乎遠，既命之「及遠」，又告之説，蓋欲其爲澤旁流而不止，以廣被無垠者也。澤其懋哉！

李伯後字説

雲嶠君之子大中年十三，爲曾、孟，學毛氏詩、遷史、古賦，輒能誦之，君以其可教，命字「伯後」。余謂其蚤，且中名而後字，不可。君曰：「吾得子晚，惟伯氏無後，以隊先君子之訓是懼。得之喜，繇乳至齔，又喜，能學益喜，蓋不吾喜以伯氏喜，今字則志喜也。吾老矣，將冠字，無及而蚤之，又何不可者乎？」余迺以告其子曰：「民生受天地之中，無倫則中無以立，後其倫矣乎。父父子子，倫之大也，有倫必有後，無後則廢倫矣。故不孝三，無後者大。而父後而世父後，而父後不有後之，則世父之澤斬。不惟世父之澤斬，則而王父言後者廢矣。而父以爲懼，惓惓焉惟子之得。既得，則自生至今，其不一喜而足，其喜其懼，非孝何出？而父其孝矣乎！父爲孝子，子嗣爲之。吾知求忠臣者必曰李氏之門，則君臣父子之倫益明，而學不徒學矣，其在而之身也乎！予出世者，少嘗學焉，知人倫也詳，故樂爲而告，亦而父之心也。尚無忽。」

平遠字説

隆上人從余游，瓮天久之，出行四方。余移居夢觀，隆歸相余，猶瓮天時然色，獨閒暇甚，非未出時比。余嘗疑其有得者也，問，隆以「平遠」稱；何從，曰得之湘中。普問義何取，隆俛而不言。余曰：「子之游也，湛湛湘江，風波不驚，一平若鏡，遠與天接，普有見而命之乎不？則下瞰楚郊，烟莽緜緜，有會子心，而普知之乎？」隆迺言曰：「若是云乎哉。吾平遠者，在日用，無高無庳，無彼疆此界。有生昧之，則偏陂不齊，狹陒自足，而欲即其平遠也難矣。吾無簡擇，無障礙，無適而非平遠者。」噫！是得者矣。余固疑焉，果然矣！子不言，余其妙乎言矣。夫隆宊出而至平者存，方維立，而至遠者具，苟寓有形於不形，置有窮於無窮，則至平至遠者見矣。視一而已身，子丘陵塠阜而螺髻寶嚴，衆人不逾分寸，而無貧大千，是果何理哉？得其平遠與不也，其得抑平遠之未至者爾。得未至者猶然，而況得其至者乎！子得之普者，至塵塵平遠也，刹刹平遠也，無所不平，無所不遠，則平遠者非直己有，而人有之，非直人有，而物有之，渾然大同，一真無雜。普之道，子之身也。行則余將自賀焉，吾其得交也不妄。

絶功字説

概言功者，必有所爲力也，必其勞軼乎等夷也，必既其爲而有所成也。是則功非以無爲言也，其爲力而勞，而既於成，何獨於道也不然。道其亦有爲而功乎？夫有爲者人，無爲者天，道無爲也，則奚以功言？言功而有爲者，惡足與言道。儒氏者曰「明其道不計其功」，是急乎道而功不豫計也。吾氏者曰「道絶功」，是妙乎道而功絶無也。然則吾氏其天也，而儒氏近乎天也，儒有爲則人也，何言乎近乎天也？以其不計功則近乎天也。吾之天也，靖而恒運，運而恒靖，一無作也，而萬化畢舉，不見其所爲功者，故言其絶也。世之不晉乎此者，爲吾道，必鋭然勤苦，去食飲廢，肢體若不可生焉者，及聞禁其有爲，則弛然因循，苟簡愒日忨，歲以自逸爲得焉者，無爲其塊然也哉。則若是已矣，雖庖夫竈婦，亦能爲是道也，蓋嘗爲之大息者焉。迺今字吾弟子道勛絶功，其之爲道也，固非弛然者也，抑知其道之天，不以有爲而爲之不也，告之其説。至正辛卯四月三日，夢觀老人書。

德翁字説

道凝既爲吾之役有日，教之來前，吾以「德翁」使凡，與其友命之，貴其名也。記曰：「苟不至德，至道不凝焉。」蓋言道之充塞天地，布散萬物，無所不有焉者，然必其人以行之終之，古語云爾。夫德行，道而得之己者也，必至焉迺凝其道也，不則道則道矣，已則已矣，則惡可凝也，而欲道之行乎。然則聖人之道，豈易行也哉！非其人固不可行也，非不可行也，不能行也，非不能行也，不行之也。以尊德性、道問學爲之，則何有不能行者也？故言道不可以不言德，德則其至也。詩曰：「雖無老成人，尚有典刑。」典刑且喜有之，矧有其人乎，是老成爲可貴也。故言德又必言老成，翁則老成人者也，今貴女矣，奮而翹焉，以行道爲己任，於富春秋之日，則群號之曰「德翁」無媿也。無爲細德險微，徒表襮名字以辱命焉，小子識之。道凝迺稱無似其若之何，經曰：「法身者，從不放逸生。」德之至，其法身也而無逸致之，女無讓。

仲微字説

吾得吾徒自彰者晩，學内外學，一以爲己，表其德，「仲微」宜也。孔子之言曰，君子知微知彰，萬夫之望。豈不以知微與彰，必君子而後能之，其德盛爲人望也乎？夫微幾善惡，幽隱難知，知之則知彰矣，人莫不於彰也勉，而於微也忽，惟君子知微，以爲彰甚而慎之也。子思世孔子，開來學之天者，亦始終反覆，是而以君子言之其大。凡曰君子，知莫顯乎微，必慎其獨，雖潛伏無惡於志，雖屋漏不愧焉，既篤恭而天下平。則爲上天之載，無聲無臭者矣，非徒言之，取詩而言也，且潛伏屋漏，一不愧惡焉，何至天下平，而爲天也，知微而慎之，效其神也哉。孔子、子思意惓惓焉進人成德之域，不使忽近而務遠，而馴致乎天者若是，人不爲之，皆棄於孔子、子思也。然則彰爲佛者，而爲之可乎？孔子、子思聖賢也，不可爲而爲，今之庸衆人者乎？庸衆人者，心術不正，不敬不誠，而往往曰吾爲佛，則爲之可乎？抑又聞長水子璿於楞嚴得正徧知而說，[三]亦曰知微彰而爲之，惡有可者乎？吾傳開士，而彰氏有法騫法超，信其家多材可畏也。

道山字說

温陵尤君勝以字請，余字之「道山」。君復請所以字者，余迺言曰：夫道，不勝世也久矣，以其不勝，而世競棄之。然道果可棄也邪？道之彌高彌堅，卓然獨存，蓋有象于山也，孰得而棄之？唯至人者，以世不足恃而自勝其道。故曰登東山而小魯，登泰山而小天下。魯與天下且小之，又何世能大？此至人之自勝也，方其棲，棲無所容於世，殆若不勝者。然及天下，後世群起而宗師之，其果爲世勝之不邪？然則道固勝，而不知者以爲不勝也，學爲至人學，凡至人之所在，必即之也，其高且大者，鑽之仰之固不暇，而有猶豫狐疑，縮焉而望崖反者，是則道義榮辱，交戰乎中，而志之不專，力之不牢，至以爲世果勝道，乃突梯滑稽，自媚于世而從之，而其不即也宜矣。君喜謀道，與有道者游，而未忘乎世，余懼其不能以道自勝，而以是字之，使知所勉者，若古皇道出世者也。繇是而求之，亦何遠哉！

仲默字説

至言必寓諸默，是則默亦言也。知默之言，則知言之默矣。則雖言，而卮言日出，默而三緘其口，而未始言，未始默也。若是，則妙乎言默者矣！而人不妙乎妙，而聲乎聲，於言求言，於默求無言，流乎其末，而去其本遠。蓋嘗知夫古聖人者乎？孔子誨人不倦，叩兩端而竭終，則曰止，止不説，然則佛終果有言乎？孔子始果有言乎？是惡可以求之也，在乎妙之而已。既妙之矣，言之默之，一無不可，鄉所謂言未始，言不言，未始不言者是也。希言吾徒，方妙年，而能倍蓮花數萬言矣，來吾門三年，無一言之教，言獨默喻，不吾怪，吾知其必爲其妙者也，乃字言「仲默」，而以是告之。

校勘記：

【一】能自強　「強」，底本作「彊」。「彊」同「強」。

【二】而其爲澤也狹　「狹」，底本作「陿」。此處「陿」同「狹」。其下「狹陀自足」之「狹」，亦如是。

【三】抑又聞長水子璿於楞嚴得正偏知而説　「楞嚴」，底本作「棱嚴」。「棱嚴」即「楞嚴」。

夢觀集卷二十二

元温陵釋大圭著

解

解病

余以謝上坐事而歸家，居食益貧，至於蔬，時有不得而食者，然猶以爲養人不宜與自養者比。客至，必爲之具如果茗湯餅之屬，必強致爲之，且必盡驩。而窶不能，必鬻器皿，雠衣服，爲之者數焉。或病余拙，不能通曉世事，不能趨時世逢迎人意，僥倖求之，又不能謀生生之道，以致貧若是甚者，曰：「是讀書大多者。」然余聞之，謝曰：「余固拙矣。」既而解之曰：「人笑而巧，我笑而醜。人言而腴，我言而枯。以是而趨時，以是而趨世，祇以獲戾。人苟其逢，我慎其從。人機其動，我樸其用。祇以離尤。謂我多學，亦既學焉，而何多之謂？我不謀生，是誠不能焉，而又何拙之？於乎！茫茫堪輿，物各有形，亦莫不有心，夔不以獨而不行，蚿不以衆而自矜。爾安爾爲，我樂我守，爾富我窶，相代則不，道之不同，不相與謀。維爾我病，曾不我知。我烹我茗，以來我賓；我讀我書，以忘我貧。人不知我棄我，我得我所而終身。我之求知，匪今之人，維古之先民哉！」是曰解病。

愚怯解

有與夢觀叟不相能者，告於知叟者曰：「子之知其人愚且怯，不可與有爲，是無用於時者。使時不棄之，而任以大，則必不勇不明，無以制變御煩，而自取覆敗，是固宜縮惡卑陬，黯黮娒媒，至於落魄坎壈，不自振以老死而已者。吾塗唾而毛視之，子何爲而敬愛之哉？」

知叟者復之曰：「余鄙人與叟知久，不可以嘿。子所謂明而勇者，必以其桀黠狡獪，變詐百出，捭闔滑稽，顛倒白黑，掎襲人之所不意，而竊攰人之所欲得。且陽正陰辟，外踶中譎，而其刻深則吏，而獻恣則蹠，有犯之者，必悻悻怒見乎辭色，而輒施其不仁之術，使犯者靡然畏，而聞之者悚然屈也。【二】是豈真明者勇者邪？而其所謂愚而怯之者，則必以其温醇峻絜，正直靖共，不競不浮，如違如從，非其所取，雖鞭棰鈇鉞逼之而不取，非其所予，雖子女玉帛説之而不予。自衆人而觀之，則以爲於利害而不一達通。其於人也，無僞而好惡，惟其公毒人之意，不萌諸其心，又何見諸容，使犯之者恃其德以無恐，而聞者服其善而傃風也。是又豈真愚者怯者邪？且子之所明者，叟之所愚，叟之所怯而子之所勇。吾無異子與叟辯，蓋叟之不爲小明而爲大明，不爲小勇而爲大勇者也。夫以辟害趨利，較計得失，爲明者，是特晵晵者也。而欲其造大道之本原，與夫天下之物覆，却陳乎前人，心出入無其鄉，咸照燭之了然，無豪髮蔽者，得乎彼求，昏夜而驕，决性命而饕，以爲勇者，是瑣瑣者然也。而欲其行大人之所力，不溺乎富貴，不變乎窮，約而不爲威福所壓者，如此其可復得乎？吾於是又以子所辯者過也。叟且不有明勇，而明勇誰邪？必欲明勇，今流俗之人則宜乎愚怯。叟也信以怯而蹶楚與漢，回以愚而軼諸子以壽孔氏，烏知叟之愚之怯，而不爲回與信者邪？」既聞于叟，叟乃曰：「余真愚怯者爾，其無已誕夸。」

校勘記：

【一】而聞之者悚然屈也　「悚」，底本作「慅」。「慅」同「悚」。説文解字注云：慅，懼也。晉灼曰「古悚字」。

夢觀集卷二十三

元温陵釋大圭著

贊

文殊墨蹟贊

吾邦五代間有上人者曰道昭，寫注成唯識論于吾寺之東閣，相傳云分身文殊者。至今其遺墨零落殆盡，間得其片簡隻字，輒寶藏之。余既得，欣然喜，而爲之贊曰：

維唯識言具有本，釋世親造端，護法乃極，蚩蚩冥行，罔有攸聞。哀彼叔世，緊龍種尊，載敷厥箋，復播之墨，俾求言樞。矧乃心畫，我生不辰，編簡既殘，摩尼斯獲，百寶以全，維無漏界，曁有情入，稽首至人，有如皦日。

慈氏贊

元至元初，釋圭象慈氏，其居成而瞻禮。相好莊嚴，焕焕乎閻浮檀金色，猶見之摩尼殿上，蓮華間也，[二]歡喜踴躍，爲之贊。

真界無方，真身無象。有慈氏天，夫豈倒想。心佛衆生，三法本如幻景，其萬一摩尼珠、師子床，蓮坐而説法，以無我我，見不佛佛，一切即覺，何今何當，在日用境，龍華道場。

毗沙門天王贊

廣利庵造毗沙門天王爲佛護法，釋圭之所施也，且爲贊：

具佛之慈，作天之威。被甲執戟，有塔魏魏。觀其護佛，過於護己。人不勝天，乃不若是。願衆生界，俱成佛人，隨緣應見，毗沙門身。

白衣觀音贊

夢觀堂之中有象焉，蓋所謂白衣觀音者。圭爲之贊：

素衣皓兮，清揚好兮，駕言從之。不得其道兮，道靡攸兮，不可救兮，如月之來。忽焉留兮，再拜稽首。我何脩兮，有生紛兮，不自聞兮，何以捄之，如此淑人兮。

數珠贊

吾真寂大士，其手數珠嘗誦般若心經十萬，而拜舍利塔亦數十萬者，其子圭念其勤，爲贊：

以珠而禮，珠珠舍利，舍利非身，珠果何體？以珠而誦般若，珠珠般若，無説珠，豈有殊？珠非數量，如空圓徧。惟真寂大士，一一珠中現，是則十方佛塔，三世佛經，皆此珠之影，而了了分明者乎！

校勘記：

【一】蓮華間也　「間」，底本作「閒」。此處「閒」同「間」。

夢觀集卷二十四

元温陵釋大圭著

銘

扇銘

鄭至善求扇銘於釋圭，圭以故人，爲之銘：

人病于袢，我則已之，發其有不怠。人已于袢，我則去之，積其勞不宰。於乎！是其爲物也，雖一握之小，而其爲心也，天地之大。

石燈銘

客有遺予高麗石燈者，且教予明之之法。予謹受之，懸以照方，通明可愛，乃感其所從來遠，而有是美也，銘之：

石生東夷，何山之岑。斲而爲器，職是照臨。受以芳澤，不自滿溢。秉心維中，超焉弗溺。闇闇之夜，幽幽之晨。表裏一白，無緇無磷。其用也燈，其舍也石。匪損匪加，日章其德。人不其類之，胡不愧之。

麈尾銘（有序）

先佛果師授圭麈尾，曰：「余一生用不盡者，蓋老諗授麈，趙國君之語也。」圭非其人，媿其知遇，受言藏之。後師没廿有一年，迺出諸巾箱，感其舊物，爲惻然久之，既而銘之曰：

有尾者麈，師佛果之詒，麈之攸存，法豈不于是。曰麈之有，法則物同；曰麈之無，法迺同空。非空非有，見師之麈，當處湛然。一法無取，維師之生。其音如猊，清風載揚，涣彼群迷，師不可作，閴其絶聽，勿易斯麈，一綫之命，言永其藏，龍鬼視之，無敢棄遺，時而施之。

破有室銘

温陵祥上人有室焉，請名夢觀叟。叟以破有名之，蓋取諸蓮華經，上人所倍記者也。迺銘曰：

維三界有堅乎如壁，其破之捷，奚費餘力？一心無爲，萬法閒閒，有惑如幻，破智何安，彼祥氏釋爲法王子，真智一發，頓空諸有，廓然我室，苞藏地天，燕坐不起，蓮華熾然，難思之法，昔豈久嘿。雷在地中，震驚迺出，是王三昧，以一即諸。無破無有，非妙非粗。【二】

杖銘

槃杅几杖，有銘古也，余迺銘諸杖。

剛而自勝，直而寡與，扶義以行，莫敢予侮。

小銅合銘

小銅合一蓋，先休庵公所恒用者也，其子圭銘而藏之：

樸其外，虛其中，樸不妄説，虛能有容，若有蠡然，確乎其堅，無求合于人，而合于天。

研銘

研制近俗，然端之稍佳者，故友習上人以爲好也，用之十有六年矣。思其人而畏其物，銘以識之：

天與德，比於玉，不外飾，中孔淑，載玄液，文之澤，雨雲出，洽四國，藏於密，與道息，萬時億，斯不泐，出處得，此焉則。

香几銘

匪馮伊承，而命之几。承則載物，馮孰與齒。物其類從，厥習靡常。維鮑習臭，維蘭習香。矧伊承之，莫不曰衆，芳彼馮戚，而貴我承。疏以賤不臭我習，而獨何羡乎？

佛語之藏銘

余所居夢觀之堂，聚佛書其中，合匵藏之，蓋未夥焉。將益聚之，以貧不能繼，而馴聚之，其志也，名以「佛語之藏」，且銘之曰：

佛語無漏離名句，身語則心語。佛心浄真，海印湛然。無語之語，其語者天，天何言者，有生何知，積妄成塵，語而皆物，徒爾云云。維夢之堂，共小於芥，内大千經，初不迫隘，我以夢中，而觀此堂。則佛語之藏，藏無所藏，真佛非語，真語非佛，即佛求語，如眼求睫，安得有生，勿諸妄是淫，入契經海，悟佛語心。

瓦槃銘

手垢思盥，面垢思頮。心而不思，陶乎爾愧。

髮塔銘

佛其形，去其髮，所不與佛同，心有如此塔。

芝銘

礎之潤而芝生焉，不識其爲芝也，而客曰：「芝乎？」曰：「芝不出於朝，如所謂芝房而歌之者；而出於山林，與木石枯槁者。伍滅而無聞，知其可悲也。然吾開士氏之史無作者數百年，于今作之，而芝出，其時則可喜也。芝乎芝乎，其聞於無期者乎？」

校勘記：

【一】非妙非粗　「粗」，底本作「麄」。「麄」同「粗」。